Best Time

白 马 时 光

没有你的
晚安，
我睡不着

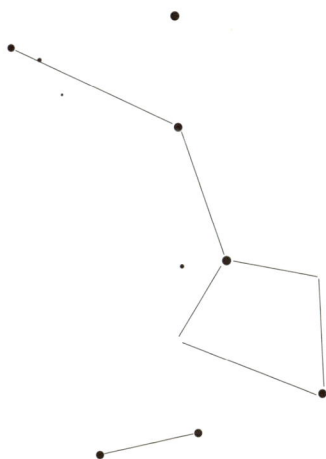

小新 著

百花洲文艺出版社
BAIHUAZHOU LITERATURE AND ART PRESS

图书在版编目（CIP）数据

没有你的晚安，我睡不着 / 小新著 . —— 南昌：百花洲
文艺出版社，2016.9
ISBN 978-7-5500-1782-5

Ⅰ . ①没… Ⅱ . ①小… Ⅲ . ①短篇小说—小说集—中
国—当代 Ⅳ . ① I247.7

中国版本图书馆 CIP 数据核字 (2016) 第 130761 号

出 版 者　百花洲文艺出版社
社　　址　江西省南昌市红谷滩世贸路 898 号博能中心 A 座 20 楼　　邮编：330038
电　　话　0791-86895108（发行热线）0791-86894790（编辑热线）
网　　址　http://www.bhzwy.com
E-mail　bhzwy0791@163.com

书　　名　没有你的晚安，我睡不着
作　　者　小　新
出 版 人　姚雪雪
出 品 人　李国靖
特约监制　何亚娟　王　瑜
责任编辑　游灵通　曾甜甜
特约策划　何亚娟
特约编辑　周　莉
封面插画　LOST7
内文插画　咖啡色
封面设计　郑力珲
版式设计　王雨晨
经　　销　全国新华书店
印　　刷　北京市兆成印刷有限责任公司
开　　本　1/32　880mm×1230mm
印　　张　9
字　　数　180 千字
版　　次　2016 年 9 月第 1 版
印　　次　2016 年 9 月第 1 次印刷
书　　号　ISBN 978-7-5500-1782-5
定　　价　36.00 元

赣版权登字：05-2016-170

目 录
Contents

第二夜

我不懂爱，可我曾纯粹爱过你

第三夜

那些忍住泪水的夜晚，我们都是大英雄

第四夜

人山人海里，我依然在等你

或许，我们的人生，从来都是百炼成钢。

试了一次，没成，再试一次，依然徒劳。

但只要你敢试，只要你在试，你就不是 loser。

那些没忍住泪水的瞬间，我们更像自己；

那些忍住泪水的夜晚，我们都是大英雄。

相信我，

这个世界上，

每一个人都被另一个人深深爱着。

每个人的心里，都有一个或者更多的结。

因为这个结，

才有了爱情里草木皆兵中的风吹草动，

破釜沉舟的哭天抢地，

平凡世界里的英雄梦想。

每一个女孩的秘密里，都住着一个男孩。

每一张精致的面孔下，都曾隐藏过泪水。

每个人都有自己的故事，每个人都有自己的选择。

爱，就是千淘万漉百转千回腾挪跌宕之后，所遇见的那个依然明亮的人。

爱，就是明知道你身上有不可饶恕的缺点之后，依然爱你如初的人。

我想吻你后说晚安

你有没有失眠的经历？有没有那么一个夜晚，你躺在床上辗转反侧，却无法入睡？

我有。

当我想念一个人时，当我纠结一件事时，那个人那件事会始终在心头徘徊，挥之不去。

睡不着的夜晚，我会打开一个朋友的微信公众号，听他的声音。这个朋友，叫小新。

他每天晚上都会在那里，用他充满磁性的声音，对你讲故事，对你说心情。

聆听他的声音，会让人有种安心的力量。

小新的职业是深夜电台主播，他对华语音乐了如指掌，甚至，每首歌背后的故事，他都如数家珍。

故事会让一首歌拥有灵魂，让人更容易亲近。

这本书里有 16 个故事，关乎爱情、友情、亲情。或许一生一世一双人最难求，绝大多数故事与爱情相关。

故事的主角都是小新身边的朋友，他们多是性格洒脱的有趣之人，有风趣幽默的天赋。但是，当他们一旦遇见喜欢的那个人，会变得小心翼翼，会变得裹足不前，会变得紧张不安。因为，他们在乎那个人，他们担心会失去 TA。

无论是谁，在面对爱情这个千古命题时，都无法做到全然的洒脱。

这么多故事里，我最喜欢宋大林和纯子的故事。不仅因为宋大林长得像五月天的主唱阿信，更因为这个故事能让我看到我和先生林知逸爱情故事的影子。

宋大林也是在大四时遇到小师妹纯子，也经历过异地恋，也经历过经济危机，也吵过架，但好在是，历经风风雨雨，他们终于走到一起。

宋大林和朋友拍了一部微电影回母校放映，在导演致辞的时候，他特意说了一句话：“毕业前，在校园里遇到一个心动的师妹，是一件很幸运的事情。”

我把这句话念给林知逸听，他说：“谁竟然说出了我的心声？”

我说：“宋大林。”

他惊呆了：“怎么跟我名字这么像？你确定小新写的不是我俩的故事？”

“别自作多情了，那是山东的宋大林，不是北京的大林。”

你看，相似的故事每天都在上演，不是在此处，就是在彼处。

"世界上的情书太多，我却只能用我的一生，写一封情书。"

"愿我陪你颠沛流离，或灿烂千阳，重要的是，我们在一起。"

经历过多少曲折都没关系，只要最后，我们在一起就好。

当你夜晚睡不着时，当你等公交、地铁时，当你对情感迷茫时，不妨翻开这本书，随手翻开其中一页，或许你也能从中找到你的影子，或许这些故事正在你身边发生。

总有一个故事，让你从中找到自己。

因为，这些故事是那么真实，小新写的时候又是那么真诚。

海明威说："我不想吻你后说再见，我想吻你后说晚安。"

愿每个愿意相信爱的人都能遇到那个吻你后说晚安的人，从此，岁月无忧，相守一生。

大柠（《和你在一起才是全世界》作者）

这不仅仅只是一个故事

和小新的初相识是源于声音，他当时正在做一场线上活动的主持人。第一次听到他声音的时候，我心里的潜台词就是：哇，声音温暖又磁性，会不会把我线上活动的粉丝们勾引走了，哈哈哈！

后来，事实证明，他不但用他独有的声音吸引了一票妹子，他与生俱来的幽默感和亲切感还很容易让陌生人产生好感。所以，那场活动做完，除了一大票路转粉的迷妹外，连我也成功地将小新视为声音界里的"男神"了。

谁让我们名字里都带有一个"小"字呢？哈哈哈。

真的，我喜欢的男主播非常少，小新是其中一个最让我觉得和真人一样超级暖心的主播。

时隔一年，他机缘巧合地成了我线下活动的主持人，这是我们两个"网友"第一次真正意义上的会面。不得不说，他给我的第一印象和网络上的一模一样，暖心贴心走心，是那种让人看见了就觉得特别安心的"电台诗人""电台大哥哥"的感觉。

这样的一个男生，写出的文字，自然和他的气质特别契合。如果你是第一次认识他，拿到这本书你也许不会有那么特别的感觉，但是作为他的书迷都应该知道，他已经出过两本书了，这已经是他的"第三胎"了。

从第一本《每一首歌都有 TA 要去的地方》到《每个适合熟睡的夜晚，我都在想你》再到你们拿到手里的这本《没有你的晚安，我睡不着》，光看书名就有一股暖流，会把读书的我们带入某一个深情的夜晚——一个温暖的声音再配上一个动人的故事，想想都觉得十分惬意美好。

所以，我才会觉得他每一本书的书名真的和他暖心的气质完美融合了。

但是与之前两本书不同的是，他的第三个"孩子"才是一次真正意义上的转型与蜕变。

无论是从文字还是从心态，都会让人觉得有巨大的突破。之前的书侧重记录他自己，向你介绍他的生活、他的工作、他的心情，以及他节目里遇到的一些小插曲和小故事。

而这本书，却让他走出去了，去遇见更多的人，记录更多的故事，或发生在自己身上的或发生在朋友身上的，或者埋藏在记忆中的或者鲜活存在于当下生活里的。

一个个走心的故事，诠释着同样暖心的主题——爱。

因为有了爱，不管这份爱是好的坏的，快乐的悲伤的，都在这本书里面用各类人物的各式人生演绎着，这本书更像是一个树洞，让你读完之后，也想找一个名叫"小新"的人，说一说埋藏在心底的秘密。

那天，小新跟我说："小北，你记得认真看一下这本书里的故事啊，因为好多故事，我自己都觉得写得非常不错非常动人啊。"

我永远记得他这句话，他跟我说这句话的时候其实已经把自己定位在了一个作者的身份上。

如果说前两本书他给自己的角色设定更多的偏向于主播，那么这本书他真的把自己从主播的角色中抽离出来，转换成为一名作者，可以自信地跟别人说：你看吧，我写的东西还不错。

很多作者都知道，一个故事的成功，最先做到的就是要打动自己，如果连自己都打动不了，又怎么去打动别人呢？就像我们对生活一样，如果我们不首先对自己满意，那么我们将永远不会对生活满意。

后来，我认真地读完了小新书里的故事，十分有感触。不得不说有很多故事真的有触动到我，好故事就是能够让你读完能从里面找到自己的影子，并且将自己完美地代入其中。如果一万个读者里面有一半的人读完的感触是，啊，这不就是我的故事吗？那么恭喜你，你成功地把故事写到了他们的心里。

没有你的晚安，我睡不着。

我们都在等待那个人的晚安。

我甚至也在关心小新笔下他们现在的生活。

大林和纯子的婚姻生活如何了？

好想尝尝纯子做的西红柿炒鸡蛋。

爱笑的姑娘倩倩依然渴望涛子那个完整的吻吗？

好姑娘，真的不要再哭了……

烤串哥的西餐店的生意好吗？如果我去青岛，很想见见这个一腔孤勇的大哥哥；

还有还有，小新和小妮什么时候举行婚礼呀？

……

我一直也在坚持写故事，长的短的，感动的不感动的，因为我一直觉得故事是生活里的一个信箱，在这个鸡汤泛滥的年代，多一点真实的故事，多一点温情的感动，是我们要去努力守护并且为之奋斗的事情。

真实的故事，最动人，即便没有华丽的辞藻优美的文笔，只要用心记录，用心感受，就可以一击即中，然后完美落幕。

最后，祝愿每一个有故事的你们，读完这本书，可以做个美梦。

有了小新的晚安，我们都能安然入睡。

也祝愿小新能够通过这本书收获更多的迷妹和迷弟，哈哈哈！

小北（《这善变的世界，难得有你》作者）

第一夜

没有你的晚安，我睡不着

相信我，

这个世界上，

每一个人都被另一个人深深爱着。

天要多黑，才会有你的体温

这是我收到的最动人的婚礼请柬，是从青岛邮寄过来的快递，很朴素的盒子。

打开，里面又有像扑克牌一样的小盒子，难不成是俄罗斯套娃的升级版？再打开，是一块上面写着"来，捡一块"的手工皂，还有一支黑色的签字笔，另外有几页纸的浪漫故事。

快递给我的是"宋大林"，这是我脑海中他的名字。

我甚至不知道他的真实姓名，或者他是不是真的姓宋。

那是十年前，宋大林从青岛来济南参加一个歌唱比赛，我是那场不靠谱的比赛的评委。

他当时唱的是五月天的一首歌。

宋大林的皮肤是健康的小麦色，很颀长的身材，脖子的一侧有一块淡淡的胎记，牙齿排列得紧致而整齐，有点像五月天的主唱阿信。他穿着一件绿色的短袖 T 恤衫，上面有一只兔子或者猴子的卡通图案，说话时略有羞涩，说完一句就马上低下头，刘海恰到好处地顺在脑门上。

比赛结束，我走出场地，他也跟上来，应该是他主动跟我说了第一句话，也留了电话。

是的，他从来也没有拨过我的电话，我也从来没有拨过他的电话。

十年之间，我们有了彼此的校内、微博、微信，但是彼此的留言不超过十句。

可他的婚礼之前，我却收到了这样一份特殊的"礼物"。

那几页信纸上，写着他和纯子的故事。

1

我们第一次见面是在大学食堂，那应该是纯子刚入学的第一个月，我上大四，正处在大四的看大三的教大二的怎么泡大一妹子的特殊时期。

她穿着小碎花的连衣裙，扎着一条马尾，很安静地吃饭。

看一眼手机，甜甜地笑，两个浅浅的酒窝。

我走到她身边，问她有没有兴趣加入社团。其实我压根就没参加过任何社团，只是搜肠刮肚，终于谎报了一个可以搭讪的话题。

她的面前，是一碗西红柿鸡蛋面，外加一个鸡蛋。

她抬头看了我一眼，挤出一句"没兴趣"。

虽然这三个字的杀伤力让我恨不能说一句"你就对蛋感兴趣啊"，可是不可否认的是，纯子的声音温润无比。我甚至感觉是洗了一个舒服的热水澡之后的清爽，和一丝甜腻，就好比你喜欢的某个妹子，对着你吐了口水，你抹了一把脸，轻飘飘地说了一句："这味道，够酸爽……"

大四男生的生活状态基本分为三大类型：颠三倒四时间差混乱的备战考研型；已有女友但还能做到三妻四妾的浑蛋型；从未开过苞幻想朝三暮四的屌丝型。

周围的狼族们常常讨论，这位纯子小姐到底有没有男朋友啊，这棵好白菜可不能让猪拱了啊。

当然，我们肯定不是猪啊，但是拱白菜这活儿，太多生物都能做得了。

基友涛子信誓旦旦地说，这么漂亮的妹子，肯定有师兄会下手的。

他们在讨论她的时候，我没有吱声，因为当时我是有女朋友的。

一周之后，我跟基友蛋蛋凭借一个虚拟的摄影社团再次联系上了她。

"喂，小师妹，帮我们拍照吧，很简单，你不用动，我们动。"我在电话里跟她胡搅蛮缠。

"你不用动，我们动。"说到这里，我的心里是有邪念的。

就这样，以拍照的名义，我们常常请求她做我们的拍摄模特。

"来，纯子，冲着镜头笑一个……"内心的台词是：给爷笑一个。

"纯子，好的好的，嘟一下嘴巴。"内心的台词是：哇塞，要亲我了。

"给一个侧脸，好的，就这样，保持五秒钟。"内心的台词是：我要回亲咯。

当时我们拿了一个打完折699块的傻瓜相机，那个相机的曝光极其不准，还是粉红色的机身，简直就是"夏天夏天悄悄过去留下小秘密，压心底压心底不能告诉你"的粉红色回忆。

后来，蛋蛋跟我说，他试着跟纯子表白了，但是纯子没有答应。

偶尔吃个饭，偶尔拍个照，偶尔玩个暧昧，偶尔疏远，在跟纯子的阶段性互动中，我顺利结束了最后一年的学业。

反正加了她的微博，一切尽在掌控之中。

毕业之后，我和大学交的女朋友分开了，好像每个人都要遭遇一场失恋才能顺利毕业。

分开的理由也简单，她说她不需要我送的玫瑰花，99 朵蓝色妖姬也不行，她最喜欢的花就是有钱花。

可惜的是，我最爱的也是有钱花，我们都想夺对方所爱，最后只能拜拜。

让我痛苦万分的是，在拜拜之前，我头顶的那片青草地真是绿得葱茏，我居然被戴了一顶绿帽子。

分手的那个夏天，我一个人踏上了一场 5000 多公里的旅程，去了喀纳斯。

我想象着替生物学家们解开喀纳斯的水怪之谜、千米枯木长堤之谜、白湖之谜和图瓦人来历之谜，可最后发现自己的情感生活一直是一个谜。

有的时候我们因为太在乎一个人而变得卑微。

哪怕是一句话、一个动作、一个表情，甚至你能不能自如地打一个嗝，都会考虑对方的感受。

可是，对方在乎吗？

到底，真爱是什么？

真爱，是想到哪儿说到哪儿，然后，那个人摸着你的脑袋说："宝宝，你怎么这么萌萌哒。"

我的宝宝在哪里呢？

越想越乱。

结束了旅程，回到青岛。无意中，我在校内网上发现纯子好像也刚刚走出一段感情的阴霾。

她在日志上写了一段话：

"要学会感谢那些生命中的过客，因为他们甘愿变成前任，只是为了让我们学会成长。

"不要抱怨和悲伤，每一段感情，收获了成长的，便没有辜负青春年华。"

我看了之后心中大喜，这不是天赐良机吗？

往往别人愤懑积郁的厄运，却是你好运连连的开端。

我给她留言：

"前段时间看到一句话：爱情，是在找一个和你相同频率的人。我觉得是对的。

"两个人在一起，要走几十年，若不能有共同语言，那就应该只是搭伙过日子了。

"彼此祝福吧。"

过了两分钟，她的回复：

"世界很小，可是每个回来找你的人，不是都抱着我找到你的信念。

"也许，他更迷恋路上的风景吧。"

你看，每一个失恋的女孩，都有成为亦舒和琼瑶的可能，她比烟花寂寞时，海鸥飞处彩云飞。

我又开始主动跟纯子接触、聊天，就像刚见到她的时候那样。

2011 年的冬天，我们决定正式在一起。

当然，下这个决定的时候，我们都极其不庄重，因为，她答应我的理由居然是我跟五月天的阿信一样都是扁平足。

"我第一次见你的时候，就觉得你像一个人，原来是阿信啊……么么哒。"

我穷追不舍："你说啥？"

"没说啥啊，我说你像阿信啊。"

"不是这一句，是一个动词。"

"动词？见你？还是什么？"

靠，分明是么么哒好吗？我使出了杀手锏："我们在一起吧，好吗？"

"可以先尝试一下。"

我咽了口水，想象了一下纯子的忸怩，嗯，是忸怩，不是忸怩作态。接下来我说的这句话可有些少儿不宜了："那到底是先尝一下，还是先试一下？"

那天的日子很好记，因为那天是除夕夜，我躲在被窝里和她发短信。

那天的鞭炮声特别响，震得我的心咚咚乱跳。

那句太过有名的名言，我在心里念了一遍又一遍：冬天来了，春天还会远吗？

于是，就在除夕夜，即将迎接春节的此时此刻，我感觉，自己的春天也终于来了。

春天该很好，你若尚在场。

2

决定正式在一起之后的第一次约会，冻得我鼻毛都硬了。

当天气跟色狼一样冻手冻脚的时候，牵手就变成了一件天时地利人和的事情。

不仅仅是牵手哦。

我帮纯子买了一杯奶茶。买一杯是我的主意，果然，我们通过吸管，完成了第一次的亲密接吻。

毕业后，我应聘到了一家广告公司，纯子还要继续读书。

她的学校和我工作的地方，相隔着一道海峡。听起来很遥远很浪漫很诗意，其实只是一条八分钟的海底隧道。

我和基友蛋蛋合租，我们的房间只有 15 平方米左右。一张大床上，我和蛋蛋一人占一边。

蛋蛋偶尔寂寞难耐的时候，会忍不住摸摸我的小腿，"腿毛这么长，真恶心……"

"变态。"

纯子周末会过来帮我和蛋蛋打扫房间，晚上我就跨越海峡把她送回学校，在路上继续通过一杯奶茶完成了我们的第二次、第三次亲密接吻，就这样维持了一年。

嗯，直到这个时候，我们都还是完整的。

嗯，有蛋蛋在，不怎么方便嘛。

嗯，关键是，当我想要兽欲一把的时候，纯子同学就会用英勇就义的眼神看着我，仿佛在说，哪怕抛头颅洒热血，也终不会惧怕我的淫威。

而我，便只能悻悻地低下我高傲的头。

当时我跟朋友拍了一部微电影回母校放映，在导演致辞的时候，我特意说了一句话："毕业前，在校园里遇到一个心动的师妹，是一件很幸运的事情。"

台下所有人都在起哄。

我知道她听到了这句话，我也只想把这句话送给台下的她。

我看到了台下的她。她没有笑，后来她跟我说，她当时的表情是僵硬的，因为她无比紧张，也替台上的我紧张。

茫茫人海里，找到一个跟你欢愉一时的人很容易，难的是找到一个为你而紧张的人。

我们的第一个情人节，下着雪。

可惜我加班太晚，她陪着我合吃了一碗方便面，我就匆匆把她送回了学校。

我的办公桌上多了一束玫瑰花，那是她送给我的情人节礼物。

女朋友送给我的情人节礼物是一束玫瑰花，我是有些诧异的，问题是出在我心里住着一个姑娘，还是她心里住着一个汉子？

我们最严重的一次吵架，是因为前女友通知我她要结婚，我在微博里多问了几句，碰巧纯子手机里的微博也有我的登陆信息，所以我们的聊天她也会收到提醒。

那时我们刚刚交往五个月，着实是危险时期。

我给纯子认真讲述了前女友通知我宋大林她要结婚的 N 个理由：

一、说明我宋大林人品不错；

二、想让我随份子破费一小笔；

三、想让我知道，失去她是我的损失；

四、希望我在婚礼现场高歌一句："我的请帖是你的喜帖，你要的一切，如今都变成我的心碎……"

当然，这 N 个理由列举之后，我还是听话得给我的前女友回了一条信息："这次老婆生孩子没时间，等你下次结婚我一定去，不好意思啊。"

也果然得到了我前女友的祝福"操你妈"。

终于，我们安全度过，之后也再没有过如此规模的杀伤力极大的争吵。

五月，我们在一起之后的第一次远行。

我们去北京看了五月天的演唱会，因为错过了大麦网上的自主选座，所以在鸟巢我们只能看到阿信的屁股。

那首《突然好想你》，我一直都在对着她唱。

> 突然好想你，
>
> 你会在哪里，
>
> 过得快乐或委屈。
>
> 突然好想你，
>
> 突然锋利的回忆，
>
> 突然模糊的眼睛。

"嗯，阿信的屁股很翘。"纯子说。

"屁咧，还看到屁股，明明连个屁都看不到呀。"你看中国汉字"屁"的用处如此广泛，每一个"屁"都有其独特而分明的含义。

"拜托，屁是闻到的，不是看到的。"现场的音响声音很大，纯子希望自己的声音能够更高过一浪。

"哈哈，你就是我的小屁，因为你跟我如影随形啊。"

"可是屁既没有形，也没有影啊。"当然，我觉得五月天的演唱会现场并不适合谈论如此高深的科学问题。

我们牵着手，什么是幸福，我想，此刻，我们能够肆无忌惮地聊着屁，就是触手可及的幸福。

阿信还破了一个音，如果是车祸现场，估计是被撞者经抢救无效不幸身亡类型的，但是完全不影响他是我们心中共同的男神的形象。

刘若英说："阿信会在我最需要的时候挺身而出。"

阿信说："我最想亲的人，就是奶茶。"

我和纯子跟着阿信一起唱《拥抱》。

我和纯子拥抱着唱《拥抱》，尽管那姿势婀娜得一塌糊涂，也极其不舒服。

演唱会之后，我们陷入一场经济危机，也就只能减少奢侈的机会。

七夕节，我俩都没钱，说好都不要礼物。

没想到，她还是用偷偷攒下来的奖学金和生活费，给我买了佳能的单反相机，而我也用持续加班两个月的代价，买了一款她看中很久的手机。

于是，我们的经济危机又一次被无期限地延长。

十一假期，我们去了远郊的温泉，吃最便宜的馆子。

馆子里，苍蝇和笑声齐飞。

转机出现在年终，我得到了公司的最佳奖赏。

我体会到了土豪的暴发户心态。我换了新电脑，给纯子买了一堆简洁到惊人她却无比喜欢的衣服，还买了一堆礼品，去了纯子的父母家。

去她家的第一件事儿，就是帮忙挂窗帘。

我以将近1米9身高上的巨大优势，得到了她父母的一致认可。

元旦那一天，我们又趁热追击，一块儿回了我家。

尽管纯子不吃猪肉，我父母包饺子还是单独给她包素三鲜，但她同样得到了我父母的一致认可。

3

2013年，纯子毕业，在青岛找了一份文秘的工作，而我却得到了一个新的工作机会，在济南。

这份异地的工作，意味着可以赚几乎是之前两倍的薪水，我动摇了。

最终，我决定辞职去济南。

我离开这座城市的时候，纯子来车站送我，没有化妆，穿了一件白色的连衣裙。

我说："喂，你这身衣服不像纯子有点像贞子啊，太吓人了。"

她没理我这句话，她说如果可以的话，我也跟你去济南。

我当时坐在汽车的最后一排，看着她回去的背影，看着她左顾右盼地过马路，看着她伸手拦出租车，鼻子一酸，竟然哭了。

不知道为什么，可能是感受到了未知的恐惧，或者是对纯子的留恋，我忽然看不清楚明天的路。

此后，我们进入了异地恋模式。

济南到青岛，将近400公里的距离，异地恋就像WiFi信号，离得远了，就消失了，所以我们每个周末交替探望，还给探望时间取了个好听的名字——放风。

三个月之后，我还是决定回到青岛，又要开始重新找工作，我承认自己的人生有点折腾。

我告别了好基友蛋蛋，和纯子租了一个30平方米的小阁楼，每个月900块钱的房租。

就是在那个小阁楼里，纯子开始学习做饭。

她做的第一道菜是西红柿炒鸡蛋，又是查菜谱，又是电话咨询，最后魔术一样地变成了一锅西红柿鸡蛋汤，比刘谦变魔术还要神奇。

"接下来就是见证奇迹的时刻……"

是的，奇迹还在延续，因为我按照变魔术的思路，把西红柿鸡蛋汤变成了西红柿鸡蛋面，而且是几乎一盆，毫不夸张，最后几乎可以装一脸盆的面。

我回忆着第一次见纯子是在大学食堂，她穿着小碎花的连衣裙，扎着一条马尾，很安静地吃饭。当时，她面前就是一碗西红柿鸡蛋面，外加一个鸡蛋。

此刻，她是一身米黄色的连衣裙，扎着一条马尾，很不安静甚至略有焦躁地吃饭。她面前是一脸盆的西红柿鸡蛋面。

总之，我们吃了两天半，后来觉得好像有点变馊了，只能扔掉了。

当我把剩下的西红柿鸡蛋面冲到马桶里的时候，整个厕所就是香喷喷的味道。

这就是一盘西红柿炒鸡蛋变成了一锅西红柿鸡蛋汤，又变成了一盆西红柿鸡蛋面，最后变成了一马桶西红柿鸡蛋面的神奇经历。

人类真伟大。

一段时间之后，我和纯子花光了大部分的积蓄。

从高中开始，我就和两个朋友萌生过一个骑行川藏线的理想。

尽管我当时财政触底，但还是和他们订下了两个月后就出发的计划。

纯子决定用我们仅有的一点积蓄在网上买些衣服，到夜市上摆地摊赚钱。

我说别闹了，你作为一个单纯的女孩子一来没有经商经验，跟卖菜大妈算账都能算糊涂了，怎么去摆摊？二来你去进几件衣服卖，你以为那么好卖吗，现在买东西的人精明得很，一天卖那么几件还不够工夫钱呢。

结果，纯子第一天就卖出了1000多块，利润有一半之多。

我恨不能让她把这1000多块钱狠狠地甩在我的脸上，挤出几个字：

"妇男之见。"

之后的两个月，我每天陪着纯子去夜市摆地摊，很爽地靠着这笔钱攒够了去西藏的路费。

唉，终于走上了我从进入青春期之后就树立的远大梦想——被包养的道路了。

但纯子其实不想让我去骑行，我是知道的。

骑行川藏线的一个月，我晒黑了，体力也撑到了一个极限。

从成都到拉萨，翻了一座又一座的山，吃着难以下咽的饭，住着脏乱差的旅馆。

本来计划在拉萨休息一个星期之后回去，我甚至买好了车票，还通知了纯子我到家的日期。

可到达拉萨的第二天，我就立马改了车票，瞒着她踏上了回程。尽管当时只剩下了站票，一张两天两夜的站票。

我抱着自行车挤在火车的连接车厢里，满心喜悦。

我想到还跟蛋蛋合租的时候，好不容易让纯子留宿在我家，她和我挤在一张床上，当时，我的另外一边便是睡得跟猪一样打着呼噜的蛋蛋。

我想让蛋蛋找个小酒店凑合一晚上，但当时我穷，穷到我不敢把这个想法说出口。

大概，蛋蛋的心里也有一万只羊驼在奔跑，但又无法发作。

我能想到的床上三人生活，要么是我爹妈和我，要么是我和我老婆以及我和我老婆大战八十回合之后的美丽结晶，要么就是两个美女低眉顺眼为我服务，怎么着也没想到是此般境况。

左基友，右女友，左手不能摸右手。

后来蛋蛋跟我说，他当时万分希望观看一场爱情动作大片，所以一直在装睡，没想到我俩真的睡着了。

后来纯子跟我说，她当时有点怀疑她看上的这个男人不会有什么隐藏的秘密吧，所以一直在装睡，没想到我和蛋蛋真的睡着了。

看来，那晚睡得安稳的只有我自己。

到达青岛，接近晚上十一点了。

我给纯子打了个电话，说我在拉萨好得很呢，认识了一些新的朋友，还有一个花姑娘。

她说那就带回来和原配见一面呗。她万万想不到，此刻我正在电梯里。

看着电梯间里楼层的红色数字不断变化，我有一种见网友的冲动。

这冲动，是什么鬼？

当我敲门，当纯子给我打开门，当她看到被晒黑的我，当她看到我手里正与她通着话的手机，当她闻到我两天没洗澡的臭味，当她看到我满脸的胡茬（其实也没有满脸啦），当她看到我鞋子上的泥巴……

我以为她会哭，会不顾一切地和我拥抱，以为她会疯狂地亲吻我，我以为她会给我放好洗澡水，还以为她会给我做一顿丰盛的晚饭……

结果，都没有。

我的耳边响起了无比温柔一句话，"你有病啊，快洗澡去。"

纯子给我热了她晚饭吃剩下的西红柿炒鸡蛋，我吃得特别香。当然，此时的她已经很好地掌握了这个烹饪技艺。

两个月之后，我们双方的家长进行了第一次正式会晤，双方进行了亲切而友好的会谈，最终在嫁妆问题、买房买车问题等方面达成了初步一致的协议。

说实话，我们心里想的就是走个形式吧。

4

只是，我依然没有找到合适的工作。

无所事事的我，骗纯子说已经有很多公司让我去面试了，只要我想上班，分分钟就能去。但实际情况是，尽管我投了很多简历，可依旧很少接到约我面试的电话。

但我不想让纯子知道。

我每天都会一大早出门，在便利店坐一天，在书店待一天，在商场逛一天，晚上六点钟再回家，跟一个普通的上班族似乎并无二致。

就这样维持了两周，煎熬极了。

我用李安曾经吃了几年软饭的故事安慰自己，是的，我这个棒槌。

终于，有了一家公司找到我，而且答应可以给我不错的薪水，也同意我提出的某些莫名其妙的条件，比如，我上午是不能上班的，但是我接受晚上加班。

是的，我从来都承认，我是个怪人。

我清晰地记得那家公司的老板跟我说他看到了我眼神里的清澈，清澈个 P 啊，那是无所事事的茫然吧，大哥。

当然，我无比感谢我的那位老板，而且现在我依然在为他卖命。

跟公司签约的那天晚上，我非要请纯子吃一顿大餐，她全程吃得莫名其妙，但是又莫名地 high。

我俩破天荒地点了两瓶啤酒，虽然我们平时都属于滴酒不沾酒精过敏的型号。

纯子扬着脸，冲着我笑，脸上两个浅浅的酒窝："我知道，你找到工作了。我就知道，你一定会找到工作的……"

说完，她的眼睛就成了两弯月牙泉。

不知道是因为酒精的威力，还是因为羞愧，我觉得自己的脸更红了。

生活开始变得规律起来。

去年年底，我们开始考虑结婚这个问题。

严格意义上讲，我们都还算年轻，没有理由这么快进入到婚姻状态。

很多人问我，你考虑清楚了？

这件事从来不是一件需要"考虑"的事情，当你饿了，眼前有一个汉堡，那你就要去吃；当你想旅行，手上有一张机票，那你就可以立刻出发；当你想要换种生活状态，身边有个恰好的人，那为什么不呢？

始终觉得，把自己最长的时间留给彼此，就是对彼此最大的赞美。

陪伴，的确是最长情的告白。

今年五月份，我们有了一次长途旅行。

我们去了台湾。

都说旅行和装修是吵架的高峰期，我们有可能会逃脱吗？

在台北因为迷路，我们把忠孝东路真的走了九遍；在高雄，因为丢耳机，两个人互相数落；在台中，因为鸡毛蒜皮小事吵架，两个人各走各路。

好在，所有的争吵都因为讨论一会儿吃什么而结束，就像妹子们讨论梦中情人到底是白子画还是都教授都会因为真实的枕边人而结束一样。

5

世界上的情书太多，我却只能用我的一生，写一封情书。

愿我陪你颠沛流离，或灿烂千阳，重要的是，我们在一起。

关于我的求婚，我曾经设计过好多个版本。

其中一版是在一间咖啡店，制造混乱场面，然后求婚；另一版是在电影院，播放着我俩的日常画面，然后求婚；还有一版是在户外，看着别人的演出然后突然求婚。

当我决定在户外进行求婚，准备找来所有好朋友帮忙的时候，我发现音乐好像哪里出了问题。

网络里铺天盖地的求婚视频，好像都是一场华丽的大 show，有人欢呼，有人感动，有人不屑。

这种强烈的角色分配，让我觉得这不是我想要的情景。

毕竟，这是一生中分量最重的告白。

于是在某一天，我带着她来到了中国海岸线的最东端。

看着一望无际的海，我对着她念了一封无比冗长的信。

纯子：

我决定以这种老土而郑重的方式，向你求婚。

人生最大的勇敢之一，就是在经历欺骗和伤害之后，仍能保持信任和爱的能力。

我曾有过信任危机，但新的一年里，我仍愿意相信世界是美好的，人心是善良的。

相信我们遇到的所有人都是有缘的，相信我们都会狠狠地幸福。

因为我们在一起。

是的，这个世界不是无菌舱。

我们身边的太多人，甩过人也被甩过，失恋过也被失恋。

我曾经被很信任的人骗过，被人在公交车上偷过钱包，丢过身份证，买房子借钱，办贷款跑手续，见人说人话见鬼说鬼话……

我们都经历过。

我们都一样，为失恋而心痛，为被背叛而愤懑，捂着自己的胸口，喝几口闷酒，睡一个饱觉，就够了。

经历过这一切，你回过头来看，生活从来都没有变得更容易或者更顺畅，而是你付出了更多也承受了更多。

我永远爱你，这句话俗不可耐，但是我必须要说。

付出过，承受过，我们才有理由狠狠地幸福。

因为我们在一起。

我单膝跪地，为我的纯子小姐套上指环。

全部过程，只有我们两个人。

我不希望被任何喧哗夺走爱情本该拥有的简单样子，这也将是我们婚礼的一个至上原则。

棉絮一样的杨花像一大团一大团的云朵飘浮在半空中，街道两旁都生长着绿得放光的照亮你脸庞的高大的梧桐树。

随风摇曳着的手掌形状的叶子有着掌纹一般的脉络，不知道有没有人能从那纹形中看出命运的端倪。

一个学生打扮的孩子搀扶着老人过街，一对好看的情侣肩并肩地说笑……

在我们正式订婚的第一时间，我就开始了结婚倒计时。

是的，我们希望用这个方式，总结我们的甜蜜生活，也重新思考我们接下来的生活。

后来发现，这件事情本身就不应该过度思考。

两个人愿意在一起，更多凭的是一份幸运。

尤其在这样的年纪，这样的环境，这样的时代，每个人都在努力，努力到已经不太相信幸运这件事。

对了，爱情这件事情，并不意味着"完美"。

我的脏袜子常常藏在某个角落，她常常忘记拔掉电源开关。

她常常迷路不知道该怎么走，我常常太过主观总是走错路。

我喜欢回到家不换衣服就躺下，她已经不止一次忘带钥匙。

我十分苛刻，不喜欢与主流意见一致，她天天喊着减肥，却最喜欢半夜十一点的时候煮一碗面吃。

我看不进去她喜欢的任何一部韩剧，她从来不动我书柜里那几本连我自己都看不懂的设计书。

我们总是有个念想，那就是在这些不完美中，活出生活的情趣，找到一个可以牵手一世的人，看着对方的脸，嘴角就忍不住上扬。

大于百分之一的概率，都有可能成为现实，这便是幸运。

或许正因如此，这个故事，才万分有幸被你读到。

6

我在我的电台节目里讲了这个故事，收到一条留言：

突然想起了我的他，第一次牵手，有些不情愿，因为当时不是那么的喜欢；第一次亲吻，虽然不讨厌，却也在不情愿的情况下被抢走了，回家拼了命地漱口，不良反应持续了好几天。但，第一次主动亲吻，还是很美好，性感的嘴唇，亲了好多次，直到把他惹得不耐烦了，给我大大的白眼球，发出不满的呜呜声，然后倒头继续睡。

我们多少会美化自己的感情，因为感情这事跟容貌不同，容貌你没法美化，除非你去整容，但是爱情却可以美化得像七仙女遇见了董永一样的饥不可耐。

但是，我想，总有一个等待了很久的人，出现在一段等待了很久的爱情中。

所以，这才是幸运。

而我们每一个人都会遇到这样的幸运。

因为一场大型的直播，宋大林和纯子的婚礼那天，我终究没有去青岛。

我对他的印象，还是记忆里的"宋大林"，还是那个皮肤有点黑长得有点像阿信的17岁少年。

很多时候，我们真的是活在自己的记忆里。

最美好的爱情，未必能够留住时光，而是留住记忆。一个人兵荒马乱的记忆，两个人熠熠生辉的记忆，三个人不斗地主逗乐子的记忆。

而爱情，从来都不意味着完美，也不是志同道合，仅仅因为那一句——我爱你。

扫码即听

《天要多黑，才会有你的体温》

我们终于过上别人眼中的幸福生活

喜羊羊是我曾经的工作伙伴。

之所以叫他喜羊羊，是因为他胖乎乎的脸上总是挂着笑，身子也会不由自主地一颠一颠。我心里总是想，他咋这么开心了？

他的头发带着一点自然卷，有些贴头皮，下巴上留着几缕稀疏的胡子，活脱脱的一只喜羊羊来到了我身边。

你有没有觉得每一个微胖界的帅哥都会自带喜感？

所以，我干脆就叫他喜羊羊了。

我和喜羊羊因为工作而相识，后来觉得共同语言不少，便经常一起午饭，一起晚饭，一起喝茶，一起骂娘，一起讨论姑娘。

室外寒冷，室内火热。

火锅里冒出的热气，在喜羊羊的眼镜上盖了一层薄薄的纱。

就在这个吃着火锅不唱歌的夜晚，他脱口而出的一句话，让我差点把筷子里刚刚夹住的那片羊肉扔回到锅里。

喜羊羊的原话是："新哥，你知道吗？我刚认识你那会儿，一直以为你是个富二代。"

我被他整蒙了，因为我们认识六七年的时间，他从来没有跟我讨论过这个话题。

七年前，喜羊羊听媳妇说，电台来了一个声音特别特别好听的DJ，叫小新，是个富二代。

喜羊羊是从台里出走的创业者，但我们之前并不认识，他只是记住了一个叫小新的富二代。

没过两个月，我们居然就有了节目中的合作。

喜羊羊跟我描述了我们的第一次见面。

"新哥，你穿了一条红裤子，戴着一顶帽子，请注意，是歪戴着，背了一个双肩包，嗯，像富二代吗？反正有点像的。

"当时传得可玄乎了，富二代，不是一般的富二代，那得开着超级豪华的豪车，住着超级豪华的别墅。

"不过有一点不太像，谈完事情以后，我要开车离开，你就一直看着我把车开走。我接触过的有点钱的人，大多数没这么有素质的。

"不过也有一点，我当时觉得有点怪，你当时打了一辆车，没自己开车。我回家就跟我媳妇说，那富二代，咋不开车呢？

"媳妇说，真正的大神才不跳，真正的富人才不叫。作为一个'80后'的富二代，既可能胜在低调，也可能人家有司机啊，或者就是喜欢跟的哥的姐聊天啊。"

再之后，喜羊羊送我回家，目测我所在的小区应该不是富人区。

再之后，喜羊羊装作无意问我："新哥，你平时怎么上班啊？"

我的脑细胞沉睡了："打车啊，偶尔坐公交车啊，绿色出行，也很方便啊。"

经此一役，喜羊羊拍着胸脯跟他媳妇打包票，小新绝对不是富二代。

这个狡猾的男人，他猜对了。

"新哥，我想来想去，我得跟你聊聊我前女友的故事。"

喜羊羊把一瓣儿糖蒜塞到了嘴里，慢吞吞地说。

1

那是十年前，某专科院校，喜羊羊还没有发福，1 米 76 的身高只有 115 斤，身材更像苗条的灰太狼。

他是学院的学生会主席，一群莺莺燕燕主席长主席短地叫个不停，在那么一瞬间，喜羊羊误认为自己是怡红院里的老鸨，或者是黄袍加身的皇上。

某一天，喜羊羊正百无聊赖地在学校餐厅里"用膳"，红太狼出现了。

红色的吊带衫，头上耸立着一条过了肩的辫子，背部的线条极为流畅，就像一条灵活的海豚。

"靠，这个妞儿是咱们学校的吗？"

"就是舞蹈队的小师妹啊。"

"我之前咋没注意到呢？"

看到红太狼端着餐盘向自己走来，喜羊羊露出了略带谄媚的笑。

红太狼迎着喜羊羊的目光，不躲也不藏，笑了。

你说巧不巧，两天后，正当喜羊羊率领学生会三员大将来到学校西门附近那家知名的炒焖饼店大快朵颐的时候，他又瞧见了红太狼。

红太狼的脸上带着妆，穿着跳舞的那一身练功服，和另外一个女孩颇为认真地吃着焖饼。

她们双双低着头，不像是在吃焖饼，反而有点像在绣花。

喜羊羊想到这里，扑哧笑出声来了。

正巧，红太狼看到了他，又冲着他笑了。

清清淡淡但是又恰到好处的那一抹笑，似乎是红太狼见到喜羊羊的标配。

吃完焖饼，红太狼要结账的时候，她听店员说喜羊羊已经帮她结过了，又冲着喜羊羊笑了。

"新哥，你说她是不是有点怪啊，她连一句谢谢都没说，我可是学生会主席啊。

"但是那个笑，我真的一辈子都忘不了。"

2

红太狼答应要跟喜羊羊在一起，是因为一场球赛。

红太狼所在的舞蹈队被要求给学院的篮球队当啦啦队，所以十几个姑娘无比清凉地站成了一排。

姑娘们鼓着腮帮子喊加油，可是没想到，对方球队在大比分落后的情况下，有一个后卫恼了，把手里的篮球冲着啦啦队的姑娘们狠狠地扔了过去。

一声惨叫，一群人惨叫，比赛被迫中止。

红太狼被砸中了右肩，好大的一块瘀青。

第二天晚上九点半，红太狼接到了喜羊羊的电话。

"是我，你在宿舍吗？"

"对啊，在温书呢。"

"下楼一趟呗。"

"嗯，好。"

等红太狼下楼，才发现，那个把篮球扔在她右肩的男生双手被扣在喜羊羊的身后。

喜羊羊的身旁，还站着他的两个好兄弟，这两位有着馒头一样的胸部和看不出来表情的僵尸脸。

"你这是干吗？"

"操，这小子太孬了！我得替你好好教训一下。"喜羊羊的眼睛微微眯着，有着　股不怒自威的劲儿，让红太狼想起了冯小刚演过的杜月笙。

"教训啥啊，赶紧放手。"

"不是，咱们哪儿能就这么放过他！"

"我说了，赶紧放手！"

喜羊羊走到红太狼对面，低声说："那你答应做我女朋友。"

"行，放了吧。"

"滚，记着，是条汉子，心眼就不能比针尖儿小。"

说完这句话，喜羊羊就把其他人支走了。

"你真的愿意做我女朋友？哈哈，太好了！"喜羊羊变脸的时间快得让红太狼有些无法适应了。

很久很久之后，红太狼跟喜羊羊说，那天晚上月朗星稀，那天晚上她的肩膀比痛经还痛，那天晚上空气中飘着一股膏药味儿，可是喜羊羊的那句话却感动了她一生。

那句话是——"你真的愿意做我女朋友？哈哈，太好了！"

3

很幸福的两个月的相处时间。

红太狼是一个很乐观的女孩，她认为，世界上没有一块巧克力解决不了的事，如果真的碰上了，那就吃两块咯。

红太狼是一个很勤劳的女孩，连喜羊羊踢球的臭袜子都要手洗，直到有一天喜羊羊猛然意识到红太狼刚刚帮他洗过的衣服里头有一件沾满了污渍的内裤，他是有些害羞的。

红太狼是一个很努力的女孩，当时上了这所专科学校完全是因为高考中的失误，所以红太狼立志要专升本、考研。

努力、懂事又乐观的妹子，喜羊羊脑海里出现了一句名人名言："此物只应天上有，人间难得几回寻。"

不过，自从被那个篮球砸过肩膀之后，红太狼持续了两个月的全身酸痛，甚至转移到了咽喉，红太狼一直没有放在心上。

在喜羊羊的坚持之下，两个人去了医院。

诊断结果是病毒性的心肌炎，医生建议立刻住院。

再之后，红太狼就休学了。

女人是靠思念就能活，而男人，不能总要求他左手累了用右手，倦了，就只能外出觅食。

喜羊羊又回到三宫六院的生活中了。

红太狼更多地成为喜羊羊爱情里的一个图腾——隔几天打电话问问对方的情况，聊聊家常，甚至聊着聊着还会觉得巨无聊。

半年后，红太狼没有通知任何人，回到了学校。

而此时，她知道喜羊羊已经有了新的女朋友甲乙丙丁。按照喜羊羊当时的想法，人总要有几个红颜知己嘛。

喜羊羊跟我说："新哥，唉，当时我这个堂堂学生会主席，那也是学校里的红人一个啊。姑娘扑通扑通地往上扑啊……"

"你又不是池塘，用的什么拟声词啊？"

"真是扑通扑通的，我不是池塘，是蹲在池塘边的青蛙王子行了吧？"

"哼，姑娘们以为找到了青蛙王子，结果发现是只癞蛤蟆可就惨咯。"

我对这个臭小子的朝三暮四充满了鄙夷，当然，不可否认，那鄙夷里不乏些许嫉妒。

"新哥，我知道你讨厌始乱终弃的人。"

喜羊羊说，他觉得自己一直以来都是个投机主义者。

上小学的时候，女班主任流产，不到 10 岁的他挎着一个小篮子，给班主任送去了一篮子鸡蛋，害得女班主任羞红了脸。

上中学，有一次数学没及格，他拿了两包烟送给了数学老师，最终成绩单上的分数从 57 变成了 75。

上了大学做了学生会主席，他知道辅导员的儿子缺一辆自行车，于是就动员学生会的全体成员集资给辅导员的儿子买了一辆几千块钱的山地自行车。

花花世界里，喜羊羊无往而不胜，而爱情，偶尔也会偏爱投机主义者吧。

4

靠着三寸不烂之舌和两块巧克力，红太狼回到了喜羊羊的右手边。

此时，喜羊羊已经在外地实习，并且沉浸在被工作环抱的快感之中，又因为是在做业务，所以一周大概有五天晚上跟着老板在夜总会度过。

坐了五个小时的火车，红太狼来看望喜羊羊，喜羊羊出去陪客户喝大酒去了。

喝完之后，继续夜总会里的狂欢。

是的，喜羊羊从来没有点过任何一个妹子，他的目标是：客户爽永远比自己爽更重要。

所以，客户在精耕细作的时候，喜羊羊在和姑娘们打麻将。

等喜羊羊第二天早晨十点半回到家的时候，红太狼已经离开了。

家里被打扫得非常整洁，连马桶都刷得干干净净，茶几上是三种已经洗好的水果，还有一大碗蜂胶泡的水。

因为喜羊羊长年鼻炎，红太狼打听到了妙招，喝蜂胶水可以缓解鼻炎症状，所以她每次来了后或天生神力或借用工具抠下来一小块，煮了水逼喜羊羊喝。

盛着蜂胶水的碗下面垫了一张便签纸，上面写着简短的几句话："我走了，少喝酒，对身体不好。另外，蜂胶水平时自己煮着喝。"

喜羊羊的心里是有愧疚的。

有那么一瞬间，他有点责怪自己为何如此薄情，他是不是已经不爱红太狼了？

5

清晨，喜羊羊接到了红太狼的电话。

他看到来电显示是红太狼，便挂断了电话。

喜羊羊身边的朋友都知道，他是个睡神级别的人物，谁胆敢在早晨六点前叫醒他，那他会瞬间由神变成妖魔鬼怪的。

当电话连续被喜羊羊拒接对方又锲而不舍地继续拨打的时候，喜羊羊心里的地雷要爆炸了。

"怎么了？有人要死了吗？"

红太狼怔了几秒钟，接着，喜羊羊的手机听筒里传来她弱弱的声音，"你能娶我吗？"

"有意思吗？你是不是有病？大早上的讨论这种问题！"

"我就想问你，你会不会跟我结婚？毕竟，我们在一起七年了，你是不是要给我个交代啊？"

"你是不是觉得跟我睡过觉的，我都要给个交代啊？"

说完这句话，喜羊羊就关机睡觉去了。

一早晨的噩梦。

喜羊羊梦见自己生活在古代，因为作奸犯科而要被凌迟处死，红太狼的爸爸刚好是主审官，喜羊羊求红太狼替自己求情，红太狼看了她一眼，然后无情地拒绝了。

喜羊羊又梦见自己竞选学生会主席，要花600块钱买一套体面些的西装，可就在付钱的时候，那家服装店的店员快步走来，说这套西装不卖了，那个店员居然是红太狼。

最后一个噩梦便是，喜羊羊梦见自己和红太狼历经千辛万苦终于踏上了红毯，可婚礼当天一阵阴风袭来，红太狼被风刮跑了，喜羊羊一直在喊快回来啊快回来啊。

从一连串梦里醒来，喜羊羊还在喊，脸上是两行泪。

这是喜羊羊第一次从梦里哭醒，头痛欲裂。

"新哥，你能想到吗，当时，我居然有一种子欲养而亲不待的傻逼感觉。我早就认定了她是我身上的一个器官，肯定会一直在一起的。"

"我他妈还没想做器官移植呢，怎么我的器官说没就没了呢？我想不通。"

"我对我的人品产生了怀疑，我承认自己当年喜欢耍小聪明，但是你知道吗，我觉得自己是很善良的人，但是那一次，我真意识到我把女孩伤害到了一个什么程度。"

"你知道吗？她每个月赚1200块钱的时候就给我买一件800块钱的夹克衫，她每个月过来的时候都会给我带吃的，但是我、我、我，从来没有给她买过礼物……"

说这些话的时候，喜羊羊的语气里满是愤慨，仿佛是在抨击影视剧里的负心汉。

喜羊羊给红太狼电话："我错了，我错了，你回来吧，我给你跪下来吧。"

电话那头寂静无声。

喜羊羊的表弟借住在家里。

看到表哥跪下来的这一幕，表弟吓傻了，呆呆站在门口。

表弟轻轻地说了一句："哥，干吗这么作践自己？"

喜羊羊吼了一句"滚"。

6

关于红太狼的记忆，就像是香水的粒子，看不见，却分布在房间的每一个角落。

茶几上的杯垫是《海贼王》里的路飞，那是喜羊羊最喜欢的动画角色，所以连他家的床单上都是戴着草帽天然呆的路飞，而这些都是红太狼买回家的。

茶几上还有一块硬邦邦的蜂胶，喜羊羊想起来有一次红太狼为了抠下来一小块，居然把手指甲劈裂了，血流个不停，反而红太狼一个劲儿地说："靠，我太笨了，你看我怎么这么笨呢。"

还有两个人一起看过的电影票的票根，红太狼都放在一个信封里，她说等他们有一天结婚，信封里的票根就是他们的结婚信物。其实数来数去，也就那么四五张电影票，因为之后喜羊羊压根就没有时间陪着红太狼了。

他们想象中的二人世界，应该有梦，有爱，有写不完的情书和坦荡荡的远方啊。

如今，只剩下了空荡荡。

那一年，周惠的《约定》像瘟疫一样，蔓延在大街小巷的每一个角落。长得那么难看的周惠一直在唱：

> 你我约定难过的往事不许提，
> 也答应永远都不让对方担心，
> 要做快乐的自己照顾自己，
> 就算某天一个人孤寂。
> 你我约定一争吵很快要喊停，
> 也说好没有秘密彼此很透明，
> 我会好好地爱你傻傻爱你，
> 不去计较公平不公平。

周惠的唱腔里充满了小女生的试探，以及深深的不确信。

那些难过的往事，那些想要抹去的争吵，喜羊羊听在耳里，哭在心里。

7

红太狼最终还是没有回来。

三个月之后，红太狼跟新认识的相亲对象结婚了。

喜羊羊恨恨地在心里说：如果那个男人敢欺负她，或者对她不好，我肯定替她找说法。

很快，红太狼就有了一个女儿。

之后，红太狼就过上了别人眼中幸福的日子，她再也没有联系过喜羊羊。

为什么会老死不相往来？因为我想让你知道，我的心里有多么恨，而我更想让你知道，我现在有多么恨，当时就有多么爱。

而现在，喜羊羊也扮演着标准的好老公一个，见到漂亮妹子眼睛都不眨一下，对朋友非常义气，事业也做得风生水起。

也许再深情的人，也会有薄情的理由。我们就像永远长不大的孩子，手里攥着喜爱玩具的时候，还会眼巴巴看着橱窗里下一个更靓丽的玩具。

在我们最不懂得什么是真情的时候，却遇见了真情。

在我们最无法体会珍惜的时候，却错过了最该珍惜的人。

两年前，喜羊羊的老婆生了一个儿子，虎头虎脑的，见了我脆生生地叫我"小新小新"。

喜羊羊纠正儿子："要叫小新伯伯。"

"小新小新。"

"这孩子。"喜羊羊一边嗔怪着儿子，一边捋着下巴上的胡子。

8

吃完火锅，喜羊羊和我并肩走在路上。

"其实，人终究是孤独的，我们总想找到最懂我们的那个人，可惜，枕边人无法走进我们的心里，甚至，那种疏离，也存在于我们和父母之间。

"要学会感谢那些生命中的过客，因为他们甘愿变成前任，只是为了让我们学会成长。

"关于过去，我们都没了记忆。有人是无情，有人是心大。"

我说："兄弟，你适合做一个诗人。"

"新哥，自从她走了之后，我就想做一个和尚了。"

我知道，喜羊羊口中的她，是红太狼。

佛曰：

> 命由己造，相由心生，世间万物皆是化相。
>
> 心不动，万物皆不动，心不变，万物皆不变。

扫码即听

《我们终于过上别人眼中的幸福生活》

有时候，早安比晚安更珍贵

邮箱里收到了一封邮件：

小新，今天上海的天气很好，空气中都透着花香。一直想着他，这不被祝福的爱情啊……

署名是"牛奶红茶"。

我表示不解，邮件也回得简单："为什么不被祝福，忘年恋，还是第三者？我见过的故事太多了。"

1

我和大伟是在高中的时候认识的，当时我和他是同桌。

我是一个内向的女生，他很活泼。因为先天性心脏病，我的身高长到 1 米 54 之后就再也没有增长过，而他 1 米 80 的身高，很精干的瘦，全都是肌肉。我学习成绩一直都是全班前三名，而他学习成绩均匀地保持在全班倒数前三名。

跟很多青春电影里演的那样，我们的身边总会遇到一两个学渣，但是又是如此明亮的学渣。

大伟的明亮不仅仅在于脸蛋，而是整个人周身散发出来的阳光气质。

他的穿着很简单，总是一身阿迪达斯的运动装，有时候是红色白条的，有时候是黑色金条的，就像一尊穿着衣服的模特雕像。

这位学渣深得数学老师的喜欢，因为在班里的数学成绩统计中，他若登基，其他人只能俯首称臣。但遗憾的是，他的历史、政治、地理三门加起来还是个位数，这就有点说不过去了。

大伟在学校里很受女孩子的欢迎。

在我从小到大的人生经历里，我发现，大部分女孩儿都喜欢老师们心目中的坏孩子，学习不好的、爱打架的、会说浑话的，当然，也有个前提，有一张好看的脸。

我也不例外。

多少胖子毁在脸上，多少美女毁在腿上，多少美男毁在身高上，多少痴情男子毁在钱上。

我很难想象长成王宝强那张脸，还能娶到娇妻一枚，当然他后来真的做到了，毕竟没有多少人真的能够像许三多那样做到"不抛弃不放弃"。

大伟在高中谈过好几个女朋友，最后都分了。

他跟每一个姑娘分手的理由都不同。A姑娘不够美，腿太粗皮肤太黑脸上还有痘痘接吻的时候仿佛看到了月球表面；B姑娘太不孝顺了，怎么能跟爸妈生气呢这以后娶到家里还了得啊；C姑娘太懒了，连中午去餐厅打饭都懒得去还让同学帮忙带饭；D姑娘太馋了，每天包里都是一堆零食一会儿吃妙脆角一会儿吃薯片一会儿吃烤鱼片我家里又不是开超市的我又没有承包鱼塘不能惯着她……

总之，每一个姑娘都配不上他大伟！

我们都会对面容姣好的人手下留情。

同样是好色，丑男就是作风问题，帅气的男明星就是炒个绯闻。

切！

切切！

除了数学课之外，大伟上课的固定程序就是呼呼大睡，每次我做完作业之后他就拿过去抄。

我是班主任的课代表，但是搬作业本都是他的活儿。

别人欺负我，他就会立马站起来做凶神恶煞状。

我觉得他把我当小妹妹一样照看，尽管我们之间几乎没有任何上的语言交流。

本来我们都是单独在餐厅吃饭，后来，他端着他的餐盘走到我对面，恶狠狠地跟我说："以后我陪你吃饭，不对，是你以后要陪我吃饭！"

有这么示好的吗？

懂不懂"和平共处五项原则"？

互相尊重主权和领土完整！互不侵犯！互不干涉内政！平等互利！

和平共处！

他恶狠狠地盯着我说："以后私下里要叫我哥，听到没？"

"哦。"

有一次跑操，刚跑完，我就感觉自己踩在棉花上，眼前一片黢黑了，还有星星在头顶一闪一闪亮晶晶。

后来，有同学告诉我，是大伟把我背到医务室，守了我一个上午。

当我清醒的那一刻，我感觉有人用额头凑上了我的额头……

我的心怦怦跳起了舞。

这个人要干吗？我的初吻……

这时候从我的耳朵里传来一句话，是大伟的声音："医生，她的额头好像没刚才那么烫了。"

顿时，我悬着的心落在了地上，很踏实，还有那么一丝失落。

我们学校北头有个很漂亮的人工湖。

高二那年夏天，每天午饭结束后，我们都会抽出半个小时的休息时间来湖边溜达一圈儿。

那一天，日光和煦，春风拂面，皇历上写："宜基动土。"

我靠着假山，说："哥，我跟你严肃说个事啊？"

"说呗，还严肃啥。"

"如果我喜欢上了一个男孩子，你会不高兴吗？"

"啊？男孩子？咱们学校的男孩子都太幼稚了，没意思。"

"我就是喜欢上了一个幼稚的男孩子，我是不是神经病啊？"

他又回我："你是神经病又怎么样？"

反正这个人从来就没抓住过重点，我把他的身子扶正，看着他的眼睛，跟他说："我可能喜欢的就是你。"

他看了我一眼，扭头跑了，窜得比兔子都快。

我心里一万头羊驼在狂奔，恨不能啃了这厮，哦，是这只死兔子。

之后三天，他没跟我说话，也没理我，但是作业本照样帮我搬。

我有点内疚，有些事情也许本来就不该说，说破了，也就结束了。

一天中午，我在宿舍里差点睡过了头。

他到我宿舍，一个巴掌把我拍起来。不对啊，我们女生宿舍，他是怎么偷偷进来的？肯定又是跟宿管阿姨套近乎送东西加扮演干儿子那一套。

我睁开眼睛，无名之火憋在肚子里，刚想发作，一个黑影却突然袭来。

靠，又要碰我的额头吗？老娘没发烧啊。

结果，他吻了我。

轻轻的吻，就像把手探进鱼缸里，被最小的那条鱼啄了一下，又快速地游开。

我立马清醒了，起身四处看了看，阿弥陀佛，舍友们都去上课了，宿舍里就我们俩。

"你有病啊？"我作势要搂他一拳。

他也不躲，一把抓住我的拳头，"你不是说你有神经病吗？我也有病啊，我们是病友啊。"

"谁跟你当病友啊？"

"那你拿我当什么？"他眨眨眼睛，很真诚，可是似乎又故意的话里有话。

我不说话。

"那你是不是想拿我当老公啊？"他盯着我的眼睛。

我还是不说话，却打量起了他。

剑眉，大眼睛，头发一根根直愣愣地杵着，脸上还有细细的绒毛，像刚摘下来的桃子。

大伟见我不说话，勾起手指，弹了我脑门一下。

真心疼啊！

我和他就跟没发生过任何事情一样，继续上课，偶尔说说笑笑。但是有一点，我发现他开始认真听课了。

他还要求我帮他辅导，我以为他只是闹着玩，后来才发现他是来真的。

到了高二文理分班，对他来说也是一个大好的时机。

他如愿分到了理科班，终于可以合情合理合法地抛弃他能考到个位数的历史和地理了。

期中考试，他从班级倒数几名，上升到了班级的中游。

真是属兔子的，速度型。

每一个男人其实都是可以做暖男的，只是看他想不想暖你。

天冷了，大伟把衣服披在我身上；天热了，大伟用手拿着纸给我当人工智能风扇。

我喜欢吃学校的卷饼，他总是买俩，让我吃一个带在身上一个，他用的词是"以备不时之需"。

同学们都羡慕我们的兄妹情深。

是的，我们本来可以无挂无碍独闯江湖，可是我们宁愿选择跳一支双人舞。

我困了，他就讲小时候跟别人打架的故事。

他跟我说他有一道疤长在后背上。

他见我不信，干脆撩起衣服，让我看他后背那道好长的疤。他说他小时候太淘气被他爸用砍刀砍的，听得我一惊一乍的。

后来我才知道，他后背当时长了一个瘤子，那道疤压根就是手术之后留下的。

这只狡猾的兔子。

切!

切切!

2

不管你曾经被生活蹂躏得有多么惨，总会有一个人的出现，让你原谅生活之前对你所有的刁难。

青山绿水，美景如画。

高二暑假，大伟约我出去爬山。反正他一直都属于精力充沛型的，不知道他又想整出什么幺蛾子。

等我跟着他真的到了那座山里的时候，才发现了什么叫幽静的美。

这是一块几乎没有人发现的地方，有山，还有一条小河，河里有一种扁扁的身上闪着五颜六色光的小鱼，漂亮极了。

我怪大伟为什么不带个袋子过来可以逮几条鱼回家。

他说："就让这些鱼好好待在这里啊，我们要看随时过来看啊。"

我反驳他："带回家那就随时都可以看啊。"

"那样你就不珍惜啦。人都是这样，不知道珍惜身边的好东西。"

这兔子还是很会说有哲理的话嘛。

我哑口无言，干脆挽起裤腿站在清凉的水里，冲着他泼水，"好了好了，就你有道理……"

"哟喂，还跟我犟上了……"

我记得钱钟书先生在书里形容过笑声，他说一片片脆得像养花的玻璃房子塌了一样的笑声，那么，那天我们的笑得塌了一个村的玻璃房子。

玩了一会儿，我俩累了，回到了岸边。

咚的一声，他把我推到一棵树旁边。

"你要干吗？"我靠着一棵树，后背一阵疼。

"让你尝尝霸王硬上弓的感觉，哈哈。"

"臣妾知错，大王饶命啊……"

你看，当多少年之后"壁咚"成为流行语的时候，大伟就已经在实践了，而且玩得炉火纯青。

我跟着大伟回家，很傻很天真。

他父母都不在家。

床头是大伟父母的结婚照。

大伟告诉我他爸爸是军人，长年不回家，他妈妈是我们镇上的一个厂子里的小领导，照片里的她慈眉善目满脸是笑的。

他说他从来没有接过吻，想跟我做个试验。

"你、你、你如果觉得不舒服，我们、我们就停下来。"大伟居然变得口吃，"哦，对了，我刚又刷过牙了。"

他的嘴唇碰到我的身体的时候，我是僵住的。

之前他吻过我的额头，但只是蜻蜓点水的试探，可是这一次，刀刃相见。

突然，大伟咬住了我的舌头，我有一点疼。

可能是突如其来的紧张，我打了一个响亮的嗝儿。本来大伟想视嗝儿不见，可是我扛不住，那打嗝的意念一阵一阵袭来。

最后，大伟只能放弃。

于是，一边可怜兮兮的我，打着一个接一个的嗝儿，另一边的大伟，支着胳膊，半倚在床上，看着我笑。

有一种笑，是毒药，可是你却无法拒绝。

大伟信奉一个真理，能动手的时候绝对不吵吵。

在他的概念里，吵架本来就不是男人应该具备的基本素质，想挑衅吗？想比比吗？拳头见分晓。

隔壁班一个不懂事的少年，私下里说我们俩在谈恋爱，还说我有先天性心脏病会很早死的。

我恨得牙根痒痒，骂他祖宗八代。

大伟一撸袖子，从教室里把那个家伙提溜了出来，就像八旗子弟提了一个鸟笼子逛街那么轻松和悠闲。

"你说她有什么？"大伟用手指着我。

那个家伙叫着大王饶命大王饶命，也不敢回答。

"那你说她是健康的还是有病的？"大伟给出答案提示步骤，那家伙却蒙圈了。

"快说她很健康！"

那家伙的嘴巴里就挤出了两个字"健康"，我他妈怎么听都是讽刺。

切！

切切！

但因为那个家伙，我却决定了我要真的健康起来。

我偷偷买来了蛋白粉，其实我也不知道蛋白粉到底是干吗的，听说健身的人要吃，我就买了一大罐。

嗯，我希望它能把我的身高带入到一个新的高度和强度。

我实在不想在1米54左右的身高继续徘徊了。

大伟看到我拿勺子挖着蛋白粉吃，问我吃这玩意儿干吗。

我说我太矮了，太瘦弱了，得补补。

他说你怕什么，咱们加一起，除以二，刚好普通人的平均身高嘛。

"去你的，什么叫平均身高？！再说了，凭什么让我跟你加在一起呀？"

"你懂什么啊，吃蛋白粉，只会让你尿白色的尿，别的一点作用都没有。"

"你的尿才是白颜色的呢。"说到这里，我突然想歪了，弄了个大红脸，连耳朵都热红热红的。

3

高三上学期上了两个月，大伟失踪了半天。

他回来后跟我说，他要去当兵了。我问他去哪里，他说还不知道。

没过几天，他就真的消失了，连一句再见都没说，手机也打不通了。

这是失踪的节奏吗？

我去问班主任，班主任说大伟应该是去当兵了，但是具体的信息她也不太清楚。

我只能偷偷跑到他家楼下，希望能够意外碰到他，可是都没能如愿。好几次我都想直接敲他家的门，可是又不知道该怎样开口，最终只能偃旗息鼓。

他离开之后的半年，我就跟丢了魂儿一样，学习成绩一落千丈。

家长和老师都不知道发生了什么，我解释说我每天心脏都疼，其实我是心里疼。

直到收到他的信。

大伟告诉我他在吉林，生活得不错，还寄来了照片。

照片中的他穿着一身军装，更英俊，更壮实，皮肤也更黑了。

他说他暂时不能用手机，只能写信，他说他要考军校，告诉我一定要努力争取考到北大。

我给他回信，说我尽力，问他当时为什么要不辞而别我很想他之类的。当然，我并没有把我成绩下滑的事情告诉他。

我把他写来的信放在桌洞里，在自己没信心的时候就打开看一遍，那是对我的鼓励。

高考成绩出来了，有点发挥失常，但还不至于太烂。

看着密密麻麻的学校名单，我拿不定主意。我想考到东北能够离大伟近一点，但是我爸联手我的班主任把我的高考志愿改到了青岛的一所大学学医。

而这时，我也再次收到大伟的信。他说他考军校失败了，说他想退伍，他想复读。

这封信里很详细解释了他当时为什么不告而别。

他说当时是家里找了一个关系，把他暂时送到部队，这样考军校会更加方便，但是他父母特别交代过，不能跟任何人说，他也担心中间会出什么岔子，这个一根筋的金牛座就只能三缄其口了。

就在其他同学通过烧书的方式宣告高中三年的炼狱生活结束时，我却把自己的高中课本一本不落地抱回家，还有工工整整的笔记。

我大一那年，大伟抱着我的笔记回到高中复读了。

我们之间有太多不同。

他喜欢运动，羽毛球台球都打得出神入化；我喜欢安静，打一个喷嚏说不定都能打折了腰。

他喜欢运动装，而且只喜欢红色白条和黑色金条两种款式；我最习惯的是短裙白袜，有点老土的做派。

他喜欢五月天，满世界地吼叫"为你熬夜聊到爆肝也没关系"，我给他一个白眼，塞上耳机，听我的李健和小娟。

他喜欢变形金刚，柜子里摆满了或便宜得离谱或贵得离谱的模型，而我喜欢蓝白胖子哆啦 A 梦，从来没有改变过。

就连《灌篮高手》，也是他喜欢仙道，我喜欢流川枫。

是的，他对樱木花道也兴味索然。

他只喜欢神奈川县陵南高中篮球队的主力兼王牌球员，那个司职小前锋，还可以出任控球后卫的仙道。

他说："仙道笑起来阳光灿烂，性格沉着而又冷静，跟我一模一样啊。"

大伟，能不能求你一件事啊，请您保持高冷保持节操保持都教授或者白子画一般的僵尸表情，万万不要变成逗比啊。

可是，他却在逗比的道路上，以200迈的速度狂奔。

切！

切切！

4

一年之后，大伟考上了上海的一所大学，学了金融。

他偶尔到青岛看我，我偶尔去上海看他。

都是穷学生，我就坐着120块的绿色铁皮车，悠荡18个小时，待上一两天，然后再悠荡回来。

那段时光，累并快乐着。

春天，站在外滩，风吹过来，很柔和。

我跟他说我要来这里，我要和你近一些。

他说有本事你考研考到上海来呀。

我答应了他。

大伟。

每次想起这个名字，就会想起我们学校东南角秋天里的那片小树林，空气中尽是像和好如初的情人眼泪一样地湿润，清冷的绿色植物将本来枯老腐朽的味道慢慢吸收融化，满地巴掌大的梧桐谢下的黄叶像碎金铺满了去往皇宫的路，踩在上面松软的感觉有说不出来的惬意。

小树林里总是会有很多热恋中的情侣坐在舒适的石凳上，夹杂着很多看书的乖学生。他们都可以通过那条碎金的小路前往皇宫。

他们真的很幸福。

他们比我幸福。

当大伟哭泣的时候，我会陪他伤心，倾听他诉说，为他抚平凌乱的发丝和憔悴的颜容，告诉他明天依旧阳光灿烂；当大伟笑容明媚的时候，整个世界都和他一起明媚，而我静静地站在一旁，微笑着看他同阳光一般的灿烂……

大伟的大学之路意外地顺畅。

他是美男坯子，性格又随和，还足够努力，所以人缘非常好。

一路上，我看着他做上了学生会组织部的部长，拿到了奖学金，成了学院里的红人。

我每天都迎着东方给他发短信说"早啊，新的一天开始了"，每天晚上给他短信说"小红人，晚安"，每天都会关注上海的天气预报担心他有没有穿少会不会感冒。

尽管按照他的身体素质感冒的概率实在不大，但扛不住他追求美丽"冻"人的人生境界啊。

他不怎么回短信，我也没苛求他回，只希望自己的心他能接收得到。

毕业前两个月，刚好有一个周末是大伟的生日。

我事先没有通知他，偷偷地跑到上海，我想给他带来惊喜。

从火车站上了地铁，从地铁站离开，左拐 450 米左右，这一段路我重复了太多次。

看到大伟学校的牌子了。

刚准备过马路，我看到大伟和一个瘦瘦的个子也不高的女孩子走在一起。

我有一种不祥的预感，结果看到两个人走进了一家旅馆。

那家旅馆的名字叫"心动一族"，我印象很深，因为他之前带我也去过。

他穿的那件浅黄色衬衫我更记得，那是我上大三的时候用做家教赚来的钱给他买的，他喜欢到恨不得每天都要穿。

而此时，白娘子喝了雄黄酒——现了真身。

我不相信眼前发生的，心脏扑通扑通地狂跳不止。

半个小时之后，我给他打电话，说出来见个面吧，我到你们学校了。

"啊，我在学生会这边忙啊……怎么不提前说一声？"

终于还是见了面，他头发湿漉漉的。

两个人沉默了一会儿，他问我为什么不提前跟他说。

还是沉默。

我看着他，他看着地。

后来，他丢下一句"分开吧"，转身走了。

分开？好简单的两个字，面和心不和的人转身就可以分开，暂时找个伴儿长途旅行的人第二天就可以分开，我们六七年的感情了，你怎么能说分开就分开？

我跟丢了魂一样，不知道怎么就坐上了回去的火车。

我没有告诉他，我的行李中，有一个限量版的变形金刚擎天柱，之前他一直嚷着要买却一直没舍得买的。

擎天柱那句名言是："自由是每个人的权利。"

是的，自由是每个人的权利。

之后，我没有跟他再打过电话，也没有发过任何短信。

有些人，你以为遗忘，可是你心里知道，念念不忘。

只是，念念不忘，又能怎样？

我们没有多余的精力喊疼，也就只是一次失去而已。

不是说相爱就会永远在一起，两个人爱的时候撕心裂肺，分手的时候也会伤痕累累。

我告诉自己，时间是可以改变一切的，感觉放不下的初恋随着时间流逝，遇到不同的人会渐渐忘却，其实记住的不是这个人，而是那段时间里自己所付出的感情。

我们都如羊走迷，各人偏行己路。

5

大五，我在医院里实习，当时轮转呼吸内科。

这一天，主任去病房了，我一个人在值班室，没想到，大伟胡子拉碴地闯进来了。

我吃了一惊，他是怎么知道我在这家医院实习的？他怎么来了，遇上什么困难了吗？但是，我隐瞒了自己内心所有的不安和担忧，装作面无表情的样子。

他说他要看病。

我说等主任来了之后吧，我只是个实习生，不看病。

他说他得了神经病，我说这里是呼吸科他走错了。

他说只有我能治得了他的神经病。

我说他压根没病不用治。

他说他被我传染了，病了七年半了。

我的心跟着抽了一下。

我给主任打了个电话，说老家来亲戚了，有急事，需要请个假。

接着，我把他拉到了附近的一家咖啡店。

他说："求你了，你先别说话，听我说。"

他前一段时间加了一个老乡的 QQ 群，群里的人聚会，有个女孩子相中他了，也就是我看到的那个女孩子。

他最终没有扛过对方的软磨硬泡和自己的生理冲动，之后被我撞见了，他觉得对不起我，所以要分开。

我问他："那你过来找我干什么？"

他说："我知道错了，你重新给我一个机会吧。"

我说："如果不呢？"

他说："我知道你会给我机会的，你会的。"

我说："为什么呢？"

他说："因为你喜欢我。"之后，他又补了一句："而且，我也喜欢你。"

你说你喜欢雨，但是你在下雨的时候打伞；你说你喜欢太阳，但是你在阳光明媚的时候躲在阴凉的地方；你说你喜欢风，但是在刮风的时候你却关上窗户。

这就是为什么我会害怕你说你也喜欢我。

我在小说里读过太多男生追别人的伎俩，心里还赌着气，甜言蜜语已经很难打动我了。

直到我看到了他书包上的那个哆啦 A 梦。

大一那年，我送给过他一个哆啦 A 梦的挂件，他挂在了书包上。

那个挂件比原来颜色淡了太多，如果不是整天挂着的，怎么可能颜色淡了？

我想给他一个机会，也想给自己一个机会。

说到底，他猜对了，我会给他机会的，因为我喜欢他。

我猜我的命里有一劫，就叫作"我爱你"。

感情就是这样，放别人一马，也放自己一马。

而之后的很多习惯也在发生着变化。

我每天晚上十点给他发信息说晚安，他每天早上八点准时给我发信息说早安。

他说："早安远比晚安更珍贵。"

就像前一段时间朋友圈里一直在转的那篇文章，说我们的生活里缺少不了仪式感，这跟矫情无关，而是关于你对生活的热爱，对幸福的敏感，乃至有时候它是一种结束，也是一种开始。

我觉得我们彼此的早安晚安的信息，那就是仪式感。

就像《小王子》里面的那一段：

"仪式是什么？"小王子问道。

"这也是一种早已被人忘却了的事。"狐狸说，"它就是使某一天与其他日子不同，使某一时刻与其他时刻不同。"

诚实面对自己，需要更多的残忍。

就这样度过了一年，我终于考到了上海交大。

我跟他，终于，在一个城市了。

我跟他，终于，在一起了。

他跟我的学校离得不远。

每天他坐半个小时地铁，没课的时候陪我看书做实验，晚上我就和他到附近的公园走走。

时光仿佛没有变，就像当年在高中那个人工湖旁边溜达一样的放松。

我靠着假山，说："我跟你严肃说个事啊？"

"说呗，还严肃啥。"

其实我们之间依然面临着很多难题，比如大伟的妈妈一直不同意我们的婚姻。

因为有一天，医生指着我有点发紫的嘴唇跟我说："这叫紫绀，你是不能生宝宝的，否则大人和孩子都会没命。"

听到医生这句话，我想到了一个词——玉石俱焚。

大伟拍拍我的脑袋，跟我说："没事，亲爱的，我有你，你有我，这就够了。"

我偷偷看过大伟和他妈妈的聊天记录，他的妈妈说："如果你娶了她，我们就断绝母子关系！"

大伟回了一句："好的，大姐。"

那一刻，我心如死灰。我没有忘记，大伟家里床头上放的那张他父母的结婚照，他的妈妈是一个特别慈祥的老太太，满脸挂着笑。

是的，我们的爱情是不被祝福的。

经常会有人讨论，爱是什么。

有人说，爱一定是让你有生理反应心跳加速脸颊潮红的人。

有人说，爱是你愿意跟他搭伙过日子，而且不烦的对象。

要我说，很简单。

爱，就是千淘万漉百转千回腾挪跌宕之后，所遇见的那个依然明亮的人。

爱，就是明知道你身上有不可饶恕的缺点之后，依然爱你如初的人。

对我而言，早安亦比晚安更珍贵。

永远质朴，永怀赤子之心，永远作别昨天的云彩。

永远善良，永远热泪盈眶，永远企盼下一个天亮。

时间愈久，我愈发现，其实，我和人伟是同一类人。

我们的世界，都缺少一种叫安全感的东西，好在，我们可以把安全感给到彼此，尽管那份安全感也充满了不确定。

6

这个喧闹的城市里，夜风总是很大，孤独的人只能晚回家。

　　我征求了"牛奶红茶"的意见，写下了这些文字，也在我的电台节目里讲了她和大伟的故事。

　　我放了一首歌，牛奶咖啡的《明天，你好》。

　　　　明天你好，含着泪微笑，

　　　　越美好，越害怕得到，

　　　　每一次哭，又笑着奔跑，

　　　　一边失去，一边在寻找。

　　想了很久，我在节目里说了这样一段话：

　　"据说，一个人厚着脸皮没羞没臊地去爱另外一个人的概率，一生只有一次。我祝福你们，遇上了对方这只有一次的概率。

　　"面对无法预见的明天，我们也就年轻冲动那么一次，懵懵懂懂一头雾水，做着对的或者错的事情。

　　"之后，愿能一杯清茶，一缕清风，平淡安然，嘴角生笑。"

　　"牛奶红茶"和大伟兄弟，有那么一瞬间，我觉得我笔下写的其实也是我自己的故事。

　　我祝福你们，我祝福我们，我祝福过你们和我们了。

　　也谢谢你们的提醒，早安的确比晚安更珍贵。

没有你的晚安，我睡不着

本科时代，成都妹子小喜是我们的校花。

小喜很白很嫩，扎一条马尾，说话"n""l"不分，萌甜萌甜的。

这个年纪的很多女孩子已经懂得把容貌当成攻城略地的武器了，可是，小喜不会。

小喜从小便喜欢写作，所以一入学就要应聘我们院学生会文学社的干事。

各行各业都出美女帅哥，而写作界里美女帅哥的出品率相对较低。

所以，一见小喜站到了文学社招聘的队伍里，呼呼啦啦队伍里多了二十多只雄性动物，很直的雄性动物。

你看，我们的眼睛都会长出腿，跟着爱的那个人跑。

跑的人里头，就有 Rain 崽。

1

Rain 崽是有些像那位韩国明星 Rain 的，只是不如他高，但也是笑起来月亮一样弯弯的眉眼。

Rain 崽是江苏男生，说不上帅，但很白，有点大小眼，内双，可爱的招风耳，烫着鬈发，喜欢穿一身白色衬衫，脚上永远都是一双白鞋子，全身散发着一种阳光的气息。

他就是现实中的太阳之子啊。

小喜和 Rain 崽都如愿进了文学社，成了秉烛夜谈的伙伴。

Rain 崽进文学社的动机不纯，他不怎么喜欢文学。

没过多久，小喜就发现了这一点，内心微微有点失望。

Rain 崽最擅长的是玩极品飞车的单机游戏，所以，后来的秉烛夜谈就演变成了 Rain 崽给小喜炫耀车技，小喜给 Rain 崽讲爱丽丝·门罗的《你以为你是谁》。

Rain 崽说："我没以为我是谁啊，我是你男朋友。"

小喜像泄了气的小鬼一般，皱皱眉头："男朋友？那让我思考一周吧。"

一周之后，小喜和 Rain 崽就在一起了。

两个人不仅可以秉烛夜谈，还可以烛光晚餐，未来还会洞房花烛夜。

太多男生都想追校园里那朵闪闪发亮的校花，至少意淫过。可是当真的看到一个太阳之子和校花在一起了，先会羡慕嫉妒恨，之后收起所有的贪念，而且发出由衷的赞叹："他们真配。"

小喜对文字的运用能力堪称绝妙。

如果你偷看了他俩的聊天记录，你一定会觉得那是《唐伯虎点秋香》

里的石榴姐躺在地上，求蹂躏。

这怎么可能是个校花脱口而出的话？小喜分明是在我们面前无比淑女萌甜萌甜的校花啊。

Rain 崽做白日梦，给小喜发短信："我的梦想就是做一个财大气粗的人。"

很快，小喜的短信就回过来了："你确定不是财大器粗？"

Rain 崽快哭了："那你确定我找的还是个黄花大姑娘吗？"

"我确定，我黄，我花，我大，我是姑娘。"

Rain 崽就真的哭出来了，我被女流氓欺负了呀。

小喜问："Rain 崽，你平时是怎么解决生理冲动的？"

Rain 崽想了半天，暗自叹道：小喜啊小喜，你需要的是一个纯技术性的回答，还是两性探讨式的回答，抑或是情感抚慰化的回答？

"深呼吸，打坐，精满自溢，还有最后一招用手。"

"那么，上一次用手是什么时候？"

"十年前？"

"Rain 崽，老实一点哦。"

"十个月前。"

"哎哟喂，耍花枪啊你。"

"十个小时前。"

"这还差不多。那么，左手还是右手？"

"饶了我吧，左手右手一个慢动作啦。"

Rain 崽总觉得自己有被调戏的感觉，但是那种快乐而又麻辣的感觉还挺微妙。

而小喜也从一个萌甜系升级为了豪放派，尽管，这并不妨碍她依然坐在校花的头把交椅上。

2

Rain 崽的酒量特别不好，但酒风极其纯良，这样导致的后果就是，只要跟他认定的好友喝酒，最先不省人事的一定是他。

小喜说："Rain 崽，我给你写一首诗吧。"

Rain 崽说："嗯？"

小喜念："不去不去又去了，不喝不喝又喝了，喝着喝着又多了。"

后来，只要 Rain 崽要喝酒，身后就一定会跟着小喜。

有一次 Rain 崽喝多了，打车回学校的路上吐得天翻地覆，说话也不利索，感觉脑子不太管用的样子。

就在这个时候，小喜也觉得一阵头疼，有点发烧的意思。

Rain 崽摸了摸小喜的额头，前一秒钟还迷迷糊糊地说昏话，下一秒钟酒就醒了，就是这么神奇。

他说了句："操，别吓唬我啊。"

结果，小喜和 Rain 崽让司机师傅直接掉头去医院了。

医院里的空调温度很低，Rain 崽把外套扒下来盖在小喜的身上，只穿着一件背心。

医生看 Rain 崽比小喜还紧张，劝他放松。

一向有礼貌有修养的 Rain 崽回了一句："她是我女朋友，怎么放松？！"

小喜瞬间觉得，为了这个男人，放弃全天下也值了。

医生瞅了 Rain 崽一眼，懒得跟他理论，给小喜挂上吊瓶就离开了。

小喜看 Rain 崽一直眉头紧锁，想要安慰他："喂，你身材还挺好的嘛，穿上显瘦脱下有肉，我都要流口水了。"

Rain 崽白了她一眼，轻声说："嘘，别说话了，睡会吧。"

"不让说话，光睡？总裁，你也太霸道了吧。"

Rain 崽也不反驳，把一双手盖在小喜的眼睛上。没一会儿工夫，小喜发出了微微的有规律的呼吸声。

Rain 崽歪头看着小喜，微笑。

Rain 崽对文学没什么研究，进文学社也纯属动机不纯，但他特别想写一句情话送给小喜："三世有缘，白首不分离。"

3

一年之后，小喜当上了文学社有史以来最漂亮的副社长。

就在此时，学院提出要对文学社进行商业化运作，学院领导的指示是：文学要为社会服务，也要为经济服务。

进行商业化运作，说得天花乱坠，其实无非是找个企业给个几百块的赞助，在杂志的封底或者内页上放上人家的广告。

没办法，上边的人动动嘴，下边的人跑断腿。

小喜带着一个大一的看上去还算灵活的干事从早跑到晚，跑了移动、联通这些大客户，可是连个管事的人都见不到。

后来，他们辗转找到了一家妇科医院。

一进妇科医院的门，年轻的导医女孩就跑过来问小喜："这位女士，请问是不孕不育方面、流产方面、月经不调方面、炎症方面，还是……"

小喜满脸的黑线。

见到了妇科医院一个管营销的陈副总，满脸长胡子（真的是满脸啊）的陈副总看完了小喜的脸就盯着小喜的胸："美女啊，我们可以合作一下啊，我这个人是很真诚的。"

双方一番脑力激荡之下，陈总要求"真爱妇科医院，你我情同姐妹"这句话要印在杂志的封底，还让他们加上一小行字："权威专家提醒您——低价人流设备不全，消毒不严，技术欠佳，很容易对女性的身心健康造成伤害，容易造成手术感染，引发妇科疾病，严重的会影响女性再怀孕，在选择人流时一定要谨慎。"

这一切，可以换来 500 块钱。

这"真爱"真他妈可恨。

当然，学院的领导更可恨，因为领导没同意。领导说，我们又不是女子学院，干吗要跟妇科医院扯上关系，这让其他学院的领导看到这本杂志会怎么想？

结果，还需要小喜继续跑。

小喜旁边的小干事满眼的迷雾。

小喜希望用一个比方来借小干事一双慧眼：这就好比你第一次跟一个姑娘玩嘿咻，你的身体棒棒的，她的身体软软的，你也看过很多好片，百度过很多细节，在兵书上掌握了很多技巧，可是第一次结束后，恐怕你还是会沮丧。当然，你的女朋友也会因为你的表现而沮丧啊。

但，慢慢地，你就会享受嘿咻这个过程的。

所以，我们拉赞助也是这个道理。你懂不懂啊？

大一的干事面色煞白，他终于见识到传说中的豪放校花师姐了。

今晚，他会彻夜难眠的。

不过，你发现了没有？

陷入爱情中的人，往往运气也会特别好。

第二天，小喜正一筹莫展甚至预谋一场坏脾气爆发之际，居然有商家主动跟小喜打电话，提出要给杂志社赞助2000块钱。

那商家卖的是按摩椅，专门针对中老年朋友。

小喜友情提示对方："哥哥，我们是大学生的原创文学杂志，中老年不是我们的读者群，你确定要给我们赞助吗？"

对方非常笃定："大学生的父母是中老年朋友嘛，没关系，慢慢培养大家的消费习惯。"

小喜颤颤巍巍地回答："谢谢你，哥哥，太感谢你了。"

文学社的社长大人，那个有点穷酸气的师兄，在拿到小喜递过来的

2000 块钱的时候，差点给小喜跪下来了。

　　学院领导的回复是："你看，经济是需要文学来服务的嘛。"

　　写得了妙手文章，拉得来大宗赞助，大三那年，小喜成为学院文学社社长的不二人选。

　　可是，小喜却提出要离开学生会，离开文学社。

　　而那天，刚好是小喜的生日。

　　Rain 崽叫来了一大堆朋友过来给女朋友过生日。

　　Rain 崽颇为自豪地介绍："这位是我的女神，我的爱人，我们文学社的社长大人，小喜女士。"

　　小喜笑了，举起酒杯说："哈哈，从明天开始，我就不是社长了，来，干杯。"

　　Rain 崽看了她一眼："那也是我的女神，我的爱人，来，干杯。"

　　大家鼓掌、欢呼。

　　这时候，小喜指着其中一个体态颇为丰腴的胖子说："这位大哥好面善啊。"

　　Rain 崽看了一眼，不假思索地说："哦，我表哥。"

　　说了这句话，Rain 崽就后悔了。

　　小喜想起来，一年前，就是这个丰腴的胖子拿着 2000 块钱说他们的按摩椅要赞助小喜的文学杂志。

　　难道，这一切都是 Rain 崽捣的鬼？

"你？是你？"小喜捏着 Rain 崽的脸，几乎是面贴面地问他。

"好啦，是我是我就是我。"

就在 Rain 崽以为小喜会翻脸生日喜剧变惨剧的时候，小喜一把抱住了 Rain 崽，呜呜地哭了。

Rain 崽以为小喜太过激动。

后来，Rain 崽才弄明白，就在生日聚会之前的一个小时，那个满脸是痘的辅导员骚扰小喜，说如果她想继续在学生会里做文学社社长，就必须过自己这关。

辅导员伸出自己的脏手，去够小喜的手。

小喜白皙的脸上瞬间红了一大片，往那辅导员的裆部狠狠踢了一脚，转头就走了。

她索性跟学生会 say goodbye 了。

小喜说，别说给她一个文学社社长的职位，就是给她诺贝尔文学奖的头衔，她也不会允许 Rain 崽之外的瓜娃子牵自己的手。

"那个瓜娃子，龟儿脑壳进水咯。"小喜恨恨地说。

第二天，听说我们辅导员的那辆桑塔纳的四个轮胎全都撒了气。

第三天，听说我们辅导员从方便面里吃出了一只死老鼠。

第四天，听说我们辅导员的电话号码被发在了某个同性恋的论坛里，他被示好了一整天。

第五天，听说我们辅导员的信箱里的信全部都被清空了。

第六天，我们辅导员找到了 Rain 崽，给他认错，并表示下次不敢再犯了。

Rain 崽瞪着无辜的大眼睛，问辅导员："什么意思？"

辅导员的大脑袋跟点蒜一样，"没什么意思。"

Rain 崽说："那你刚才说的话是什么意思？"

辅导员低眉顺眼地说："就是没什么意思的意思。"

Rain 崽丢下一句"好吧，真没意思"之后，甩开步子离开了。

4

毕业之后，小喜跟着 Rain 崽去了江苏。

Rain 崽考上了老家江苏的公务员，小喜做了一个自由撰稿人。

他们俩是我们这个年级里最先结婚的一对。

一年之后，两个人有了宝宝，日子不算宽绰，但完全可以满足一家三口每周吃大餐奢侈一次。

幸运的是，我和小喜居然在出版社的作者群里相遇了。

我们的书，在同一家出版社出版，而她，换了一个笔名，她的书比我的书畅销多了。

我和小喜互加了微信，看她发在朋友圈里的自拍，她几乎没怎么变，依然那么美，Rain 崽倒是比上学那会儿胖了不少。

合影里，小喜和 Rain 崽都笑得无比灿烂。

小喜出书办签售会，Rain 崽怕销量不好，就找了十几个同事过去冒充粉丝来排队签售。

同事之后打电话骂 Rain 崽，妈的我们前面有 400 多个人在排队，我们足足排了三个半小时才等到了你老婆的签名，你可不可以请我们吃一顿饭就解决了。

Rain 崽请同事们吃了三顿大餐，心里却一点也不痛，因为他知道小喜更开心。

小喜开心的是，书的销量高，自己的收入就能高，就可以不必跟 Rain 崽讲那句"有情饮水饱"了。

小时候，很多女孩的梦想是，我将来要找个大英雄跟自己共度一生。

其实，一蔬一饭不需要大英雄，一日一夜不需要大英雄，柴米油盐不需要大英雄。

她们需要的是那句：

"我能送你回家吗？可能外面要下雨了。"

"你怎么又生病了呢，赶紧吃药。"

"水有点烫，别着急，等会儿。"

"就算你胖到了 180 斤，我也能抱动你！"

小喜说出书是她从加入文学社之后就确立的终极梦想，人这一辈子能出一本书，死了也值了。

可是，一个完全不知名的小作者，出版圈里一个人都不认识，怎么出书？

　　小喜一度想要放弃自己的文学梦想，要不随便找个工作，靠她这张脸，赚点钱帮 Rain 崽贴补家用应该不成什么问题吧。

　　宝宝睡着之后，Rain 崽继续玩他的极品飞车，小喜把头靠在 Rain 崽肩头。

　　"要不我出去找份工作吧。"

　　"好啊。"一看 Rain 崽就是沉迷在游戏里头了。

　　"我是说，我要出去找份工作帮你赚钱养家。"小喜一字一顿地说。

　　Rain 崽停下了手里头的游戏，"小喜，你坐，我跟你讲啊，你坐直了，认真点。小喜，每个人都有自己该干的事，杨丽萍就该去跳舞，生孩子的事情就交给那些凡夫俗子吧，金星就该去变性，当男人这回事交给其他糙老爷们吧，你，小喜，就应该继续好好写东西，赚钱养家的事情就交给我吧。"

　　那是一个极冷的冬天，他们住的小区没有集中供暖，房间里有点冷。

　　可是小喜一点也不冷，她深知，自己守着一个大暖男，迟早会烫着自己。

　　这世上，总会出现一个人，温暖你的现在，让你舍得丢弃所有的从前。

5

Rain 崽对"六度分隔理论"确信不疑。

通过朋友的朋友的朋友，Rain 崽真的就联系上了一家靠谱的出版社。

Rain 崽把小喜写过的文章分成不同的章节，又从网上找来了不同的图片，贴在文字里，彩色打印出来，快递给了北京的那家出版社。

　　一周之后，那家出版社的内容总监亲自给小喜打了电话，他们觉得找到了宝贝。

　　双方确认了版权，谈了版税，签了合同，分了章节，定了封面。

　　最终一本热气腾腾的样书，被送到了小喜的手上。

　　小喜新书的扉页上印了几句话：

　　　　我在寻找爱，所以找到你，

　　　　你是我的独一，我是你的无二，

　　　　你是我的举世，我是你的无双，

　　　　没有你的晚安，我睡不着。

　　　　我的一切，都是我和你，

　　　　我和你，三世有缘，白首不分离。

　　小喜的书成了畅销书，小喜成为色艺俱佳的美女作家，而 Rain 崽也意外走红成了美男姐夫。

　　Rain 崽说："小喜，你扉页里用的可是我写给你的情话啊，要付给我版税的。"

　　小喜说："早就付过了。"

　　"在哪里？"

"我就是版税啊。"

你总会跟该遇见的人，相遇，问好，拥抱，成长。

我们也会因为身边站着的那个人是他，而变得更加美好，更加幸福，更加确信我们当初的选择。

6

我和小喜微信语音。

我说："小喜，再给我讲点你和 Rain 崽的故事啊，我要写到书里。"

她说："才不呢，我要留着自己写书，能写好几本呢。"小喜依然是和大学没有任何分别的"n""l"不分，"留"说成了"牛"。

她说："小新，我喜欢你书的泪（内）容啊。"

我说："小喜，我好喜欢你啊。"

她说："哎哟喂，我的凉（娘）亲。"

我说："因为你是个好姑凉（娘）啊。"

好姑娘，好小伙。我们会看到身边无数的好。

姑娘好看，世界好美，老子好穷。

可是，在这个好美好美的花花世界里，总会有一个好看的姑娘，爱上了一个穷小子。

而那个穷小子，也会因为她的爱，变得越来越好。

第二夜

我不懂爱，可我曾纯粹爱过你

我们的人生里，

既有一腔孤勇的"不犹豫"，

也有奋不顾身的"不后悔"。

可惜不是你，幸好不是你

我有一个小师妹团子，看完我的上一本书《每个适合熟睡的夜晚，我都在想你》，她很喜欢其中的一个句子：

对的人，对的时间；对的人，错的时间；错的人，对的时间；错的人，错的时间。不过如此。

喜欢这句话的人，多半是没有在对的时间遇到对的人。

团子是个怎样的妹子呢？

聪明、能干，有领袖才能，嗯，她是她们302宿舍的舍长。

团子曾经如此描述过她理解的爱情："我爱你，你吃屎我都觉得你可爱萌；我不爱你，你干什么我都觉得你在吃屎。"

糟糕的是，她目光所及，大部分雄性动物都在吃屎。

当然，团子对她未来的一家三口是有期许的，比如，她最大的愿望就是某一天，她可以无比骄傲地跟孩子说："你妈年轻的时候，那可是一条铁骨铮铮的汉子。"

此外，我印象中的团子，能吃，而且特别喜欢吃甜食。

"心里苦，就多吃点甜呗。" 团子一边说着，一边喝了一口酸奶，嘴巴旁边一圈白。

我说："团子，你不该叫团子，你应该叫丸子，这比较符合你的身材和气质。"

之后，她给我讲了她上周末的厦门之行。

1

这次特殊的旅行，是由毕业十年聚会之后波动的心情催化而成的。

毕业聚会，给团子最大的冲击就是大学同班一个男生意外的离世。

这么说可能有些矫情，因为大学四年团子跟那个长得像痞子一样的男生没有半毛钱的交集，甚至听说他去世时，她脑海里关于他的模样都是模糊的。

有些人，不知道再见面会是什么样子，或者说也许没有再一次相遇的可能，总觉得以后还有很久，时间还有很多，总会有时间去完成想完成的事情。

可是，五年，十年，十五年，就这么过去了，依然只是想想而已。

有人说，还没开口表达，就先沉默了；还没长大，就先老了。

团子决定趁自己还能动，趁自己还没老，要去厦门见他。

他叫子书，很文艺气息的名字，对不对？

团子一直觉得名字里面有个"子"字特别美，章子怡啊、甄子丹啊，不过她对自己名字里的"子"是很不满意的。

"团子"，这……

当然，"子团"，更崩溃。

团子的闺密用尽可能简洁的文字概括过团子跟子书的关系："你对这个男孩的感情太不真实，像是自己想象出的一个精神恋爱的对象，从不曾真的出现，并且参与到你的生活里……"

团子觉得对，嗯，也不对。

大一那年，团子的室友小六接待了她的"竹马"。

娇小的海南姑娘小六性子还挺倔强，不愿意继续做"竹马"的"青梅"，甚至上演了苦情戏码，哭着请"竹马"放自己一马。

临走时，"竹马"带走了她们寝室的一张合影，以作纪念。

回到海南之后，"竹马"跟自己的基友子书八卦他的"青梅"，子书记住的却是照片里并不漂亮的团子舍长。

不得不承认，一个内心是汉子的女生很多时候是有着特殊魅力和功用的，比如男人脆弱的时候有一个肩膀可以靠靠，比如男生想要一醉方休的时候她可以背着男生走5公里，甚至还可以跟男人讨论哪个女生的面容姣好哪个女孩的胸型好哪个女孩是个心机婊，等等。

子书要求"竹马"介绍团子给他认识。

就这样，团子和千里之外的子书有了关联。

电话里。

子书："我好像在哪儿见过你啊。"（注意，当时还没有那首叫作《我们好像在哪儿见过》的歌。）

团子："你是说孽缘吗？"

子书："你长得很可爱啊。"

团子："你是说可怜没人爱，还是可惜没人爱啊？"

子书："我就爱你啊。"

团子："我也爱你啊。"

起初两个人多少有些小孩子心性，甚至有些玩笑心理，但却假模假式地谈起了恋爱。

说是谈恋爱，也不过是煲电话粥。

不过比起普通的半小时就能炖好的南瓜粥，这两人炖的绝对是要四五个小时才能初见成果的老母鸡粥。

那个年代，IP 电话卡是异地情侣情感保鲜的神器，一年多的时间，零花钱省下来全部买了电话卡。

为了方便熄灯后在被子里说悄悄话，团子还买了那种小小的电话分机，大半夜冲着电话撒娇吐槽窃窃私语。

亏了团子的人缘比较好，又是一舍之长，虽然没有挨室友的白眼，但更多室友把炮轰对象指向了小六，说她"引狼入室"。

团子："喂，最早听到你的声音，我以为你喜欢男生啊。"

子书："哦，我们南方人说话风格就这样吧。"

团子："什么风格？我是说声音，是声音。"

子书："哦，好吧。"

子书："科比是男神，樱木花道是男神，他是天才。"

团子："我还是喜欢流川枫。"

子书："樱木花道那可是有原型的，当年在全日本高中篮球联赛里是最红的高中生，只是可惜因为一场车祸挂了，18 岁哦。"

团子："我还是喜欢流川枫，他很帅啊。"

子书："哦，好吧。"

团子听子书讲他的基友，他的生活，他的跆拳道，他的篮球，他的家庭，他的种种。

子书听团子讲她的闺密，她的论文，她的小手工，她的耳钉，她家的狗，她的种种。

每天听子书在电话那头的声音，和睡觉时的晚安吻，团子都有一种揣了宝贝不想被别人知道的窃喜感。

知道都不可以，更别说分享了。

我们的身边经常会出现不同的人，他们以高人的姿态，告诉我们要怎样，告诉我们最好要怎样。

这样的高人可能是我们的父母、我们的兄弟、我们的上司，甚至是我们的花姑娘。他们以亲情的名义，以友情的名义，以爱情的名义，或者以为人处世的名义。

而我们就是一株骄傲的向日葵，永远朝向着内心的太阳。

面对今天种菜明天打怪的光怪陆离，听，内心的声音。

团子的闺密曾经问过她一个经典的问题：

"一个远在千里之外的恋人，看不见摸不着，能够给你带来什么呢？"

团子说："你居然用摸这个词，你怎么这么庸俗、下流。"

团子就像着了魔，不管别人怎么看怎么想，就像一只脆弱的寄居蟹，终于找到了保护自己的壳。

走不出去，也不想走出去。

团子和子书在电话里不止一次地聊起如果有一天见面会是怎样，因为当时没有现在这么方便的视频影像，只能是在电话里听着对方或喜或忧的声调和语气进行脑补，然后或神伤或期待。

"我们怎么就这么远呢？"

"我们一定会见面的。"

"地球绕一圈，就会回到起点的，我们之间可没到那么远。"

"我们一定会见面的。"

2

每个人的骨子里，终究是贪心的。

和子书相处的时间越长，团子就越不满足于看不见的关系和摸不到的感觉。

团子心里想：我怎么这么庸俗、下流。

不知道从什么时候开始，再打电话时，团子的语气里已经带了些埋怨和愤懑。

最早的时候，子书会一直耐心地听团子发完牢骚，会开导，会安慰，就像是一双大手轻轻拂过小猫身上爹起的根根硬毛。

那只倔强的猫是要发疯咬人的。

可是，在那双柔软的大手的轻抚下，一根根爹起的硬毛，慢慢变得平静而安然。

时间久了，团子也可以听出子书话语中的疲惫和无奈，甚至是敷衍。

毕竟，团子对他的声音太熟悉了。

那一句貌似无心的"嗯"曾经是内心的角力，现在的一句貌似走心的"嗯"却只是下意识的反应，就好比膝跳反射。

渐渐地，两个人的电话少了，最后没了联系。

其实，我们身边有太多人，回忆起自己的分手都用了"莫名其妙"这几个字。

有时候一闪念的情绪，演变成了天下大乱，而争吵的理由，不过是芝麻大小的那么一件事。

当你真的想求一个原因，你会发现有太多说不清楚的原因。

或者，压根就没有原因。

当然，反思团子和子书的那一段情感，团子心里知道，多半是因为自己移情别恋了。

她认识了一个打排球的很白皙很清秀的男孩，就叫他"高帅"好了。

"高帅"是团子的师姐介绍给她的。

一拨单身的不单身的女人陪着"高帅"吃麻辣小龙虾，不怎么能吃辣的"高帅"吃到最后香汗淋漓，俊美动人，团子恨不能凑上去看"高帅"脸上每一滴想要淌下来的汗珠。

那可真的是一个时时刻刻想起来都会脸上泛红的画面。

白羊座的"高帅"有一颗处女座的心，非常挑剔，比如女孩子吃饭要安静啊，比如穿衣服要有品位啊，比如不能跟别的异性有接触啊。

"高帅"的经典名言是："哪怕是养狗，你也不能养带把儿的……"

有一次，团子实在受不了啦，冲着"高帅"破口大骂："你以为你是什么鬼，对我要求这要求那你不撒泡尿照照自己真是生猪比生你好我都替你妈感到惭愧……"

团子的体内，不知道是被哪一个神灵突然附了体，她自己都怀疑是怎么把那些不知道从什么电视剧或者什么书里看见的话，都凑到了一起。

"高帅"自然不是对手，甩出一句"泼妇"转身离开了。

团子的心里无比委屈。

她觉得自己需要发泄，需要打一通电话。到底是搭错了哪根神经，团子想到的唯一的一个号码就是子书的号码，那个号码她在心里默念了两年的时间。

团子清晰地记得当时子书接通电话后，听到她完全不说话只是哭得上气不接下气，就很紧张地哄她。

直到电话那边，他一下一下地吻过来。

好像，这一个一个从远方传来的吻，是他能想到的最好的安慰。

或许，子书本能地认为团子是在思念他而痛哭。

团子嗫嚅着说出缘由，电话那头沉默了很久。

最后，团子匆忙地挂断了电话。

"现在想想，我真是一副绿茶婊的做派啊。"坐在我对面的团子又往嘴里塞了一个抹茶泡芙。

就这样，团子跟"高帅"继续着自己爱得要死要活的爱情，三天一大笑五天一大哭，三天一小分五天又复合。

那段感情十分浓烈，几个月的时间，两个人便有了最亲密的接触。

当团子意识到自己怀孕的时候，真的慌了。

她抓起电话打给"高帅"，结果，"高帅"没接。

团子发了短信，他也没回，直到团子看到他搂着一个外国语学院的师妹逛街，实在忍不了，冲上去要跟他拼命。

"高帅"很平静，反问她："闹什么啊，你不也有放不下的什么书吗？你以为我不明白吗，我就是个备胎……"

"哎哟喂，就拉个对象，搞那么复杂干吗？难道还要跟我结婚不成？"

"再说了，是你要爽，让我不戴套儿的……"

他盯着团子的眼睛，却完全不需要答案，因为，答案根本在他心里。

团子的眼前一黑。

所谓爱情，像耗尽了酥油的明灯，熄灭了。

团子最恨"高帅"用了"爽"这个字，那根本是最亲密的两个人之间的表达，可是现在却隔着另外一个女人。

最后，团子干脆安慰自己说："妈的，老娘也算睡过一个体育系的帅哥了，想来想去，还真是爽。"

这……

我们一直都想弄清楚什么是对，什么是错；自己做对了，还是做错了，这么做会是对的，还是错的。

这本身就是执念。

就像爱和恨。

爱让我们失望，恨让我们绝望。

爱让我们坚定，恨让我们彷徨。

恨让我们失望，爱让我们绝望。

恨让我们坚定，爱让我们彷徨。

有人问我有什么梦想？

我的梦想就是跟哆啦A梦做好朋友，然后请他给我一台时光机器，回到我和他最初相识的时间。

按照设计好的最完美的剧本，重新相识、相知、相爱。

3

子书，是团子心里化不开的结。

他就像海报上的人像，冲着你笑，却始终没有走下来，跟你握手，或者拥抱。

团子想自己肯定还是喜欢他的，因为"喜欢"这个词曾经是电话里出现频率最多的词，而这个情愫似乎一直种在自己的心里。

从大一到现在，十几年的时间过去了，除了那一段比较亲密的特殊时期，剩下的时间里，两个人其实一年也没联系几次，甚至曾经连着两年也没打过一个电话，只是在对方生日那天会彼此发条短信祝福一下。

不过子书好像知道团子每一件比较重要的事情，比如团子去北京考研，比如团子去了外地应聘，比如团子被一个傻逼老板莫名其妙炒了鱿鱼，比如团子被父母逼婚了。

也可能跟团子一有风吹草动就发个状态谈个心情有关。

关键，这样的状态和心情，他能看到，也记在了心里，不管这些状态和心情是发在校内、QQ 空间，还是朋友圈。

有时深夜睡不着，在朋友圈发神经问还有谁没睡，子书就会发来一张在酒场上大喝特喝的照片，表示他也醒着。

就是这种零零碎碎的联系，串联起他们十几年的时光。

直到毕业十年聚会，团子知道了那位老同学的去世，她不要再只是想想或者只是说说，她要见他一面。

团子要见他，尽快见他，解开心里的结。

团子跟闺密汇报了自己的计划，闺密是一种"理解的反对"态度，她认为团子对子书的感觉始终是建立在自己的臆想之中，见面后容易破坏了原来的好感。

团子给子书留言："有生之年，我一定要见你一面。"

子书回复："一定会的，时间还长得很。"

团子说："不，我想马上见到你。"

团子觉得自己太没种太没主意了，所以这次一定要坚持自己的想法。

要见，现在就要去见！

飞机起飞之前，团子又给子书留言："已登机，曾厝垵见。"

而当团子再次开机的时候，先闯进来的是中国联通"10-65588111"的号码，是子书的电话，总共有 6 个。

后来又是嘀嘀的蜂鸣声，子书在微信里的留言：

"你真的要来啊？"

"喂，说话啊，你是耍我的吧？"

"你不是玩真的吧？"

"好的，我们曾厝垵见。"

没想到的是，团子乘坐的本来下午两点钟就能到的航班，由于航空管制，足足晚了几个小时。

　　下午六点钟，团子正在从鼓浪屿到曾厝垵的路上，子书发信息说已经到曾厝垵了。

　　子书家在泉州石狮，离厦门100多公里。

　　等团子到了曾厝垵，距离子书发信息的时间已经有两个小时了。

　　两个人是在曾厝垵的海边见面的。

　　在海边实在不辨东西南北，团子在电话里鸡同鸭讲地说了半天才找到了子书。

　　本来团子想拥抱一下子书的，结果子书接了一个电话。

　　真是电视剧一般的情节。

　　是闽南语，团子一句也听不懂。

　　子书示意团子稍等一下。

　　团子就站在一边，看着他讲电话。

　　他原来是长这个样子的啊；他说话的声音好像比电话里清亮一些；他好像和第一次看到的照片上的模样没什么两样；还有，他的确很帅的嘛。

　　想不到，她团子一条响当当的汉子，也挺招帅哥喜欢的嘛。

　　子书挂了电话，朝团子走来，可以看出他的拘谨，甚至带着一种不自然的疏离。

　　团子实在懊恼，那些天她的脸上疯狂暴痘，皮肤差到只有美颜相机才能拯救。

对坐在海边的咖啡厅，两个人好像在慢慢熟悉，又好像无法熟悉，说话时会不自觉地回避对方的眼睛。

话题都比较没有营养，偶有冷场的节奏里，两个人艰难地聊了一会儿。

他点了两杯"云之彼端"的咖啡，又要了一份卤肉饭，团子又加了一小份松饼。

"云之彼端"，相遇太难。

终于好像不那么拘谨了，但也很是平淡。

当团子知道子书第二个孩子就快出生时，心里多少还是起了波澜，甚至那么一刻在想如果自己是那个孩子的妈妈会怎样。

子书问团子为什么还不结婚，问完又好像失言一样地补了句"确实也要靠缘分"，团子心里倒是无所谓，更不介意他话里带出来对大龄剩女的那种不认同而又怕伤了她的自尊心的小心翼翼。

子书的电话不停地响，说的什么团子一句也听不懂，大抵是生意上的事情。团子一直到这一刻也搞不清他到底做什么生意。

团子突然意识到，自己的贸然来访，其实是很任性的吧。

是的，他们了解对方吗？

也许，曾经很了解，现在也完全陌生了。

他们就是最熟悉的陌生人，更是交叉过的两条直线，只会越来越远了，这是真理。

吃完饭快九点钟了，子书要开车回去。

团子原本打算和他一起去海边走走，想想还是没有开口。

子书坚持把团子送到客栈，也就三四站路，很快就到了。

下车的时候，团子心里突然有种不舍，抱了他一下。

子书有些意外，拍了拍团子的背，哄孩子般说好了好了，乖乖哒。

团子想：我不需要乖乖哒，我需要的是么么哒。子书，请你禽兽一次吧。

在客栈里，团子点了一瓶酒。

酒意渐浓时，团子却无比清醒。

她想起自己看过的一句电影台词："有些人浅薄，有些人金玉其外败絮其中，但终有一天你会遇到一个彩虹般绚丽的人，在那以后你会发现，你之前所有遇到的，不过是匆匆浮云而已。"

收到子书的信息。他已经到了，足足开了两个小时的车。

团子回了短信："好好的，老朋友。下次，你要带着嫂子和两个宝宝到我们家做客啊。"

她想：这次，不能再让自己的贪心把事情搞砸了。

我问团子："喂，你放下了吗？"

团子说："真正放下，就像拔掉的那颗智齿，偶尔会去舔舐留下的那颗洞，但你知道那颗牙齿早就不关你的事了。"

"靠，你他妈少来这套诗人范儿。"

团子说："嗯，用人生来写一首情诗，太他妈辛苦了。"

整个故事够迂回，不曲折，甚至没有高潮。

像初恋，又像单恋。

太多人会感慨，这完全不是我们生活里的爱情常见的样子嘛。

很难找到一个时代的临界点，爱情到底什么时候变成了速食品，都市里太多的红男绿女，总是火急火燎地见面寒暄加上床，扔下了爱的酝酿和培育。

一切庞大的植物都是从种子开始发芽生根的。

巨婴症，那是病，还沾沾自喜以为自己生的是哪吒呢。

可是我也怨我的女主角，恨其不幸怒其不争。喂，当爱还在心里的牢笼的时候，为什么不捧出一把钥匙，让那头小兽走出来，见见阳光。

爱，总会肆意生长的。

因为，过去的，是你闪闪发亮的十五年时光啊。

不管是大雪纷飞的午夜，还是大雨滂沱的午后，都藏着我们的记忆。

记忆不过就是两个人，或者一群人的偶遇。

只是年纪大了，越来越多人，只能活在我们的记忆深处。

再次见面，会尴尬，会彼此搓着手却不知道该说些什么。因为你们的未来，基本无关，只是知道有一个某某某，仅此而已。

跟回忆干杯，干了这杯酒，耸耸肩，一拍两散，散落在天涯吧。

我们多么默契，绝口不提爱情

几年前，我交往过一个"公主病"的空姐女友，所以后来每次坐飞机，看到笑容满面的空姐，我就会莫名地臆想一个场景：对方把脸贴过来，说：

"小新，你为什么要加班？我不要你加班，我要你跟我一起去吃哈根达斯。"

"新新，我看上了一款包包，一会儿我们去看一下好不好？只看，不买哈。"

"亲爱的，有个楼盘，我觉得……"

头大。

可是，毕小姐却是一位很特别的空姐。

身材高挑，爱读书，会唱很好听的歌，比如王菲的《开到荼靡》。

有太多太多魔力，太少道理。

太多太多游戏，只是为了好奇。

还有什么值得，歇斯底里。

对什么东西，死心塌地。

她是真的很会唱的人。

毕小姐平均一周飞三到四天，每周总有一天她会褪下好看的红白色制服，去一家叫夜色的酒吧唱歌。

我们最初的相识，便是在酒吧。

而那时我并不知道毕小姐除了酒吧歌手之外的空姐身份。

1

我平时很少去酒吧。

每次去，都是陪朋友。这些朋友去酒吧，有的为喝酒，有的为聊天，有的为猎艳。

我只为陪伴，陪朋友的寂寥，陪朋友的积郁，或者仅仅是荷尔蒙的极速分泌。

一曲唱罢后，毕小姐径直走向我，"你是广播里的小新吧？"

坐在我旁边的朋友瞪大了双眼。

他不相信我能有如此知名度，当然，我也不信。

"我是小毕，我喜欢你的电台节目。"毕小姐落落大方，"不过，你做什么新闻节目呀，鸡飞狗跳的，糟蹋了你的人。"

刚刚为她慧眼识珠而举起的酒杯，又被我放下了。

我是三年前开始做一档电视新闻节目的，尽管，我同时还在做着那档叫作《城市夜未央》的电台节目，依然顶着"电台诗人"的花名。

如果说电台节目是飞在天上，电视节目更像是走在人间。

亲眼所见柴米油盐的尘世幸福，和悲苦离愁。

只是听过我多年电台节目的听友大多反对我上电视，他们觉得我油烟味十足，甚至像在菜市场跟小商贩斤斤计较的 40 岁大妈。

他们觉得那个略显矫情的电台男主播才是真正的小新。

"小新，怎么会开口说一个小偷，或者是强奸犯呢，他们会脏了小新的嘴。"

我多次表明我的态度，人成长了，关注的点会发生变化，我没法做到只关注风花雪月，就像歌手李健曾经说过的，"那样不真诚"，同样，我也厌烦别人把我简单地标签化。

所以，见毕小姐的第一面，先喜后恶。

嗯，后来知道她是处女座，跟水瓶座的我犯冲。

阿弥陀佛，我们并没有谈恋爱。

是的，她是歌手，我是听众，我是主持人，她是我的听众，各玩各的，各有各的立场，各自安好。

周六，我下了直播节目之后，又赶去了"夜色"，今天不是陪朋友，就是我单纯想去听歌，听毕小姐唱歌。

她今天唱的是另外一首歌《可风》。

在梦中你的脸，

> 那距离不曾有改变，
>
> 灰白的是过往云烟，
>
> 痛已不见。

略显飘忽，就感觉时间的水里，倒映着自己的脸，也倒映着自己所爱之人的脸，有水，有阳光，还有微风。

水瓶座天生好奇，所以我问她："这首歌到底在唱什么啊？"

《可风》，多怪的歌名啊，可人的风，还是可是风啊？

毕小姐说她曾经问过这首歌的创作者，很不红的歌手黄建为，歌手的解释是："当初我的父母离婚，母亲非常辛苦，一个人忍耐着心中的难受，同时又带着我们两兄弟，想写这首歌给母亲，跟她分享，往事如风的洒脱。"

毕小姐挑歌不俗，唱歌也着实不俗，或者，她身上有一种特殊的味道。

后来，我就保持了每个月去听她唱一次歌的习惯。有时候时间点不好卡，毕小姐刚好不在，于是，我要来了她的微信。

毕小姐的微信头像是簇拥着的几朵云，缀在蓝天间。她的朋友圈里几乎没有自拍和美食，倒是转了很多与航空公司相关的信息。

我问她："你跟航空系统有什么关系啊，难道你父母是机长不成？"

"本宫是空姐，漂亮的空姐，OK？"标准龟毛处女座的口吻。

不过，这人还真是爱她的蓝天啊。

"干一行爱一行，老祖宗的告诫，毕小姐真乃空姐典范。"我开启了夸死人不偿命的聊天模式。

但毕小姐不太吃这一套："呵呵。"

在夜色酒吧，我们很自觉地轮换着请对方喝酒。

不过每次都是一小杯，存半瓶酒能撑半年。

对于我们酒量差到极致的人而言，我们喝的不是酒，我们喝的是气氛。

我看过毕小姐男朋友的照片，利落的短发，很明亮的眼睛，趴在毕小姐的身后笑。

一生一世一双人。

但是毕小姐说她和男朋友可以用"相敬如宾"这四个字来形容了。

"相敬如宾是空间，也是距离。"毕小姐做总结状。

而这句经典的总结，让我想了半天。

2

深夜，又是夜色酒吧。

毕小姐抿了一小口酒，给我讲故事。

起头的，就是她的微信头像。

"你有没有发现我的头像换过？"这个问句很无厘头，前不着村后不着店。

"我基本上两个月就会换一次头像，不过，都是蓝天白云，所以，很多人看不出来。"

我冲着她笑，也不说话。

"不过每一朵云里，都有笑和泪。"

毕小姐 20 岁从大学毕业后就进入这家航空公司，而就在前几天，她刚刚过了自己 30 岁的生日。

是的，30 岁了，有一个相敬如宾的男朋友，却依然没有修成正果。

其实，她是真的忘了，从什么时候开始，她的心里住进来一个人。

一位吴姓机长。

吴机长皮肤很白，清瘦，长得有点像 1983 年版《射雕英雄传》里演杨康的苗侨伟。

可能是睡眠不好，眼睛下方总是挂着一层淡淡的阴影。

他是很不一样的机长，比如他很爱读书，会写诗，说话的声音很轻，有时候甚至需要你贴在他耳边才能听得分明。

嗯，他不太像机长，而有点像道长，仙风道骨的。

每次站在吴机长对面，毕小姐觉得自己都像那只刚孵出来的丑小鸭，她不确定自己还能不能长成白天鹅。

而且，吴机长对自己是绝对的高标准严要求。

比如，他从来都不插队，从来都不扔垃圾，从来都不骂脏话。

起初很多人觉得他是装，后来发现那就是他。

他不会强求周围的人跟他保持同样的标准，但他心里有自己的那道线。

毕小姐最初认识吴机长，是十年前刚刚来到这家航空公司的时候。

公司组织新人培训，所有的新人被分成了两个组，还没有做到吴机长的吴部长是其中一个组的负责人。

二十几个新人，都希望分到吴部长这一组，因为另外一组的负责人跟凶神恶煞似的。

谁想被一个大嗓门每天训来训去啊。

空姐们私下里聊："吴部长批评人的时候，都像说情话，耳朵痒痒的。"

公司每个月会组织一次读书会。

慢慢地，两个人成了读书会上的权威。

他们谈北岛，听梦破碎的声音，他们谈小娟，听山谷里的居民的欢歌。

分分钟，两个人身上的细胞都是雀跃的。

真情，最是抵挡不住。

两个人，慢慢靠近，但也终止于靠近。

电影《一代宗师》里，容颜不再的宫二在香港街头，对着容颜未老的叶问说了一句话："我心里有过你，可我也只能到喜欢为止了。"

只能到喜欢，为止了。

因为，毕小姐知道机长已经结婚，还有一个 5 岁大的儿子。

所以，两个人都绝口不提爱情。

毛姆的《月亮与六便士》里有句名言："一般人都不是他们想要做的那种人，而是他们不得不做的那种人。"

有一夜，很晚了，毕小姐已经睡下。

吴机长给她电话，问她有没有兴趣一起开车出去转转。

毕小姐先是应了，后来，等她穿戴整齐把头发拢好一只脚已经踏入鞋子里的时候，她还是打了个电话拒绝了。

在毕小姐楼下等了十分钟的吴机长也不恼怒，说了一句"早点睡，那我走了"，就挂了电话。

反而，毕小姐有些自责。

过了几天，吴机长神秘兮兮地送给了她一个小袋子。

等毕小姐打开的时候，她惊呆了。

这是什么游戏，还是什么暗示？

袋子里是一盒安全套。

毕小姐打开微信，找到了吴机长的头像，发了一个问号。

原来那段时间新闻里一直都在说市区出现了一个采花大盗，而毕小姐她们又经常早出晚归。吴机长说："放在包里，一旦遇到意外，保护好自己。"

听上去好像蛮靠谱的借口。

"你就不盼我好点？"

他发了个笑脸，不说话了。

毕小姐喜欢杨宗纬，她心心念念看着杨宗纬参加了《我是歌手》，唱了那首《矜持》，唱得肝肠寸断。

可是在唱完《空白格》之后，却被淘汰了，有点莫名其妙。

毕小姐一边陷入歌曲营造的伤感里，一边在网上发起了一个抗议湖南卫视《我是歌手》的活动，很无厘头而且很无理嘛。

她不管，要求同事们都在网上签名共同抗议。

毕小姐的招数也多，跟人做鬼脸卖萌，跟人义正词严讲道理，翻个白眼跟人耍赖，她想要的就是签名。

大家都猜，毕小姐应该不敢去找吴机长吧。

结果，没想到，吴机长也在网上注册了ID，加入了抵制大军。

你看，千里之堤溃于蚁穴，毕小姐就是那蚁穴。

后来，杨宗纬果然又成功复活了。

"你看你看，这就是我们的力量啊！"毕小姐挨个晃着同事的肩膀，是的，她的力量足够大，差点把人震成脑震荡。

吴机长到毕小姐兼职驻唱的酒吧听歌。

毕小姐在台上唱，而台下已经有莺莺燕燕围住了吴机长。

可他岿然不动，用修长的手指指向了她，那几位女子充满歉意地望向毕小姐。

毕小姐的心里，有喝了一口白酒之后泛出来的灼热和回暖。

吴机长见过毕小姐的男朋友。

毕小姐给男友介绍："这位是大名鼎鼎的吴机长。"他却加了一句："我也是小毕的大哥哥。"

毕小姐瞬间想到《神雕侠侣》里一身薄纱的小郭襄跟在神雕大侠的身后，一口一声"大哥哥"。

小郭襄心里，他是一个顶天立地的汉子，杨过心里，她不过是一个懵懂的无知少女。

毕小姐觉得自己跟金庸先生笔下甘愿放手的郭姑娘太像了。

毫无疑问，小郭姑娘心里一直仰慕着杨过，但是，她又像个观众，双手合十，祈盼着舞台上的杨过和小龙女双宿双栖。

爱人，还是大哥哥，争还是不争，在某一个深夜，郭家小妹一定眉头深锁过。

但杨过永远都不会明白，郭襄41岁创立峨眉之后，给自己的嫡传弟子取名为风陵师太。

而风陵渡，是郭家小妹最初遇见杨过的地方。

也许唤着弟子"风陵"的那一刻，她始终无法忘记在自己 16 岁生日那天，无比绚烂的烟火。

那烟火里，是一个小女生最青涩的爱。

是的，也许吴机长从来都不曾注意到毕小姐微信头像的变化。

每一张头像，其实都是在吴机长值机时，毕姑娘拍下的舱外的蓝天白云。

愿所有的心乱如麻，都能抽丝剥茧，盼得最好的结果。

3

一年前，毕小姐从同事那里意外得到了吴机长的最新消息。

肾衰竭，尿毒症。

同事说，吴机长眼睛下面那层淡淡的阴影，就是他身体发出的讯号，可是当时每个人只道他休息不好而并未深究。

毕小姐几乎是十指不沾阳春水的女生，搞不清楚尿毒症是否需要化疗，也不知道到底尿毒症有多么毒。

毕小姐感觉自己又回到了 20 岁刚进入航空公司的阶段，又成了那个没有什么主见也不知道自己要什么的少女。

同事还说，机长大人的妻子提出协议离婚，吴机长已是孤家寡人一个了。

在天愿作比翼鸟，大难临头各自飞。

有人说婚姻是围城，我说婚姻更像是一座城堡。

只是某些时候，不是城堡外的入侵者攻克了大门，而是城堡里的人亮起了白旗，主动投降。

我们并不知道每一段看似完美的婚姻背后的暗涌、秘密，或风声鹤唳。

怎么办？我能做点什么？

一上午的时间，毕小姐一直在房间里绕啊绕，差点走完了半程马拉松。

她还是找到了吴机长的病房。

总之，当毕小姐看到吴机长头发并没有变得稀疏而且能够顺利说话的时候，她是惊喜的。

她觉得老天终究是垂怜自己的。

吴机长一个人躺在病床上，手上是一本房龙的《宽容》。

哎哟喂，这书名选的，有点温柔版"放下屠刀，立地成佛"的意思。

毕小姐走过去，敲敲病床的一角。

"你来了？"

"嗯。"

"好久没你的消息了。"

"你问我，我肯定就告诉你了呀。"

"可是……"一向伶牙俐齿的毕小姐，不知道说什么，腮帮子气得鼓鼓的。

这傻姑娘，到底在跟谁赌气呢。

之后的换肾和康复，相对比较顺利。

医生再三劝告，尽量少去嘈杂的地方，吴机长需要静养，可毕小姐还是开车偷偷接他到了酒吧。

她在台上唱那首熟悉的《开到荼蘼》。

> 有太多太多魔力，太少道理。
> 太多太多游戏，只是为了好奇。
> 还有什么值得，歇斯底里。
> 对什么东西，死心塌地。

吴机长在台下听，这首歌他听毕小姐唱了几十遍，他完全可以跟唱，但是他并不附和，只是目不转睛地看着台上的姑娘。

跟当年一样。

《花样年华》里说："寂寞是每时每刻，缘分是不知不觉，真爱是一生一世。"

只是在自己花一样的年华里，哪个能预知到自己遇上的，到底是寂寞、缘分，还是真爱？

十年之后的他们，依然绝口不提爱情。

毕小姐想给吴机长的前妻买一份厚礼，感谢她的退出。

当然，毕小姐也跟与自己相敬如宾的男朋友吃了一顿饭。她的想法很简单，不管两个人相处了多久，都必须结束。

没有霹雳手段，哪里来菩萨心肠？

他们挑的饭馆也跟两个人的情感相处模式一样，经济实惠，却并没有多爱。

有太多人都把自己的感情经营成了一桩生意——合适，却并非生死相依。

林夕说过："很多人结婚只是为了找个跟自己一起看电影的人，而不是能够分享看电影心得的人。如果只是为了找个伴，我不愿意结婚，我自己一个人都能够去看电影。"

毕小姐现在做的，就是让一起看电影的人，变成能分享看电影心得的人。

4

我们总是在过自己的日子，山高水长，路遥马亡。

我们又总是专注于自己的日子，只说山高水长，并没有看到路太远、马已亡。

吴机长顺从了妻子，解除了原来的婚姻，他说他什么都不要，只求一段真情。

而毕小姐也不顾家人的反对，披上了婚纱，她的左手边，是比之前胖了一点的吴机长。

"还是胖点好看。"毕小姐笑着，满眼的爱意。

私下里，我问过毕小姐，你就不怕过两年吴机长的身体又会出问题?

毕小姐淡然答道："然后呢?"

我说："我是说万一啊，一旦出问题……"

毕小姐答："小新，那还万一我明天出门被车撞死呢。"

"这……"

"这什么这，我们家老吴身体好着呢。"

甘愿诅咒自己的毕小姐，绝口不提爱情。

可是，她对对方的爱，却是那么倔强。

对不起，我没有坚持到最后

1

校花提琴姑娘，看上了我硕士时代的兄弟，当然，前提是很多姑娘都看上过我的兄弟。

提琴姑娘的小提琴虽然拉得那叫一个行云流水酣畅淋漓，可我兄弟早在初中更多男孩子只懂在动画片里刷存在感的时候钢琴就过了十级。

相对于自己所擅长的钢琴，钢琴兄弟更钦佩小提琴拉得好的人。因为钢琴是有键盘的，而小提琴却是"无形的键盘"，卧弓、运弓、音准、音级、揉弦，每一步都是一个坎儿。

在我们这所以学习成绩为重的学校里，提琴姑娘和钢琴兄弟，理应琴瑟和鸣。

人，从来都是在无意识中完成了高级配对，而非童话里写的王子爱上了灰姑娘。毕竟，那么憨厚老实的光良都在歌里唱，童话里都是骗人的。

钢琴兄弟的老爸是经常能在电视上看到的市级优秀的企业家代表，而且，钢琴兄弟完全不像个富二代，除了他从一入学就开了一辆宝马 X5。

钢琴兄弟说话的语气异常温柔，语速异常缓慢，有点白衬衣禁欲系男神的味道，我一度以为他并不喜欢女生。

十指修长的钢琴兄弟，牵着提琴姑娘的手，坐上了自己的宝马 X5。

站在路旁的我们，手里捧着一杯 5 块钱的劣质奶茶，望着远去的宝马车，由衷地赞叹，我们的校花有了一个好归宿。

我曾经问钢琴兄弟，你是怎么认识提琴姑娘的。

钢琴兄弟幽幽地回了一句："缘，妙不可言。"

他说有一天收到了一条短信："我或许是边走边在等你，等一些无法预设的美丽。"

我笑了，那不是一首叫作《在路上》的歌的歌词吗？

钢琴兄弟说，他本来不想理会这条短信，可是后来鬼使神差地回了一条，到后来，他知道了发来短信的是校花提琴姑娘，扑克牌一般的脸上终于有了一丝表情。

我问钢琴兄弟："那么，你爱她吗？"

钢琴兄弟说："挺爱的吧。"

2

有一天，提琴姑娘约我喝咖啡。

我看到那个咖啡店里有塔罗牌，便手贱，问了一句："我给你算一算？"

结果，抽到了倒立的权杖六。

我解释给她听：

"倒立的权杖六代表由恐惧或脆弱所产生的虚假的勇气与乐观，结果是，所追求的事物很少成功，或成功为时极短。有可能是消息的不确定。由于结局如何的消息迟迟不来，造成内心的惶惑不安，这代表了不确定的延期，时间无限期地延长，拖延的愿望无法被实现。"

她带着哭腔说："你看，我就说嘛。"

我说什么意思啊你。

她说不知道为什么，总觉得跟钢琴兄弟之间，隔着些什么。

我说："我靠，你俩都恋爱中的宝贝了，睡觉的时候连衣服都不穿，还能隔着什么？"

她说不知道为什么，总觉得钢琴兄弟只是把她当作备胎。

我说："我靠，你俩情人节都一起过了，他给你买了999朵玫瑰花了，你还说自己是备胎？"

她说不知道为什么，总觉得钢琴兄弟和她没有什么未来。

我说："我靠，目前整个宇宙他只爱你一只雌性动物，你是校花，他是富二代，天造一双的你们怎么会没有未来？"

其实，我始终没好意思问提琴姑娘当时钢琴兄弟收到的那条短信，就是那句"我或许是边走边在等你，等一些无法预设的美丽"。

因为，我清晰地记得，我同寝室的翔子也收到过。翔子是我们专业的第一名，只是有点呆子气，他收到这条短信之后，问我："小新，这句话什么意思啊？"

我说："是一句歌词啊。"

翔子说："哦，谁这么无聊啊。"

提琴姑娘被我劝高兴了，屁颠屁颠地走了。

我却因为喝了一晚上咖啡，兴奋了一整个凌晨。

看着窗外从漆黑一片到灰白相间，再到现出了鱼肚白，就像一位老人头发变白的过程。

结果，第二天的普通话考试，我考得相当不普通，考了个二级甲等。

拜托，我已经在电台兼职做主持人了好吗？

拜托，我不想做情感导师！我还单身好吗？

3

一年后，提琴姑娘还是离开了钢琴兄弟。

理由嘛，跟钢琴兄弟还真是半毛钱关系都没有。

问题出在钢琴兄弟的爸爸身上。

当然，你别多想啊，钢琴兄弟的爸爸既不是棒打鸳鸯的恶人，也不是要骚扰漂亮儿媳妇的坏人。

他只是做了一个错误的决定，在生意上赔了个底朝天。

钢琴兄弟的 X5 也卖了出去，给他的爸爸抵债。

从听到这个消息之后，提琴姑娘就再也没有出现在钢琴兄弟的视野中了。

钢琴兄弟给她打了几个电话，提琴姑娘始终都没有接。

后来，提琴姑娘给他发了一条短信："我做了一道选择题，可是我选错了。"

钢琴兄弟拿着这条信息问我："小新，这是什么意思？怎么说做了一道选择题？什么意思啊？"

看着钢琴兄弟那双不知所措的眼睛，我给他做了一场《傻逼，你以为爱情是你的全部吗》的主题演讲。

演讲的最后，我说："张震结婚了，新娘不是舒淇；梁朝伟结婚了，新娘不是张曼玉；韩寒结婚了，新娘不是郭敬明。"

我们总是在失去的时候捶胸顿足，也有各种对自己的埋怨。

如果当时，我再慎重一些，没有那么沾沾自喜的话；

如果当时，我再深情一些，没有那么容易厌倦的话；

如果当时，我再成熟一些，没有那么容易放弃的话；

也许，我们就不会错过了。

可是，世间男女，分手的理由远比我们能想到的还要多：她喜欢李敏镐，你非说金秀贤更有味道；你是 B 型血，她也是 B 型血，她不想跟你生个 2B 出来；她觉得自己压根不够资格喜欢你。当然，最惨的分手是，没有说一句理由，她转头就走了。

你要做的事情不是留恋红尘，而是想想她甩了你就觉得蛋疼，这样形成生理刺激，以后再也不想了。

你老子已经赔了，你不能赔了你的人生。

赶紧的，你这学法律的高才生，去帮你老爹重整旗鼓吧。

4

硕士毕业后，提琴姑娘去了上海，在一家外企做法律顾问。

再之后，她去了新西兰，嫁了个比她大 9 岁的老公。

她在微信上发喝着红酒的照片，大口吃肉的照片，跟金发碧眼的帅哥谈笑风生的照片。

新西兰那边还真是天广地阔牧草丰美，她也成了一头小奶牛。

四年间，提琴姑娘和比她大 9 岁的胖老公有了 3 个孩子，都是儿子。

据说她的偶像是贝克汉姆的老婆辣妹维多利亚，她希望自己生下的老四是女儿。

某一个深夜，提琴姑娘给我的微信留言："小新，他还好吗？他快乐吗？"

我给她回了一条："你快乐吗？"

她没有回复。

我手贱，又给她发了一个问号，这时候才发现，提琴姑娘已经把我拉黑了。

拉黑了我的提琴姑娘有酒有肉有男人，只是没有爱了。

不知道为什么，我完全不想告诉她，我的钢琴兄弟成了商业新秀，他和他的爸爸成了远近皆知的商业父子档。

是的，有些人自从离开了自己曾经深爱的那个人之后，才真正开始了自己的人生。

只是，钢琴兄弟依然单身，他甚至专门设立了一个奖学金，奖励对象是我们学校艺术学院小提琴专业的学生。

5

写完这个故事，我突然掏出了手机，问钢琴兄弟："还没忘了她吧？"

钢琴兄弟说："怎么可能，早就忘了。"

可是，我都没说"她"是谁啊。

我写了好多故事，这些故事大多来源于我的观察，或者压根就是朋友告诉过我的他们身上发生的故事，尽管，有人跟我说完他们的故事之后，就离开了。

钢琴兄弟和提琴姑娘的故事写到这里的时候，我突然有一种负罪感，我不希望有人看到他们的故事之后，会指责提琴姑娘。

我总觉得，其实，她是有苦衷的。

于是，我想给这个故事编一个小尾巴。

我在微信里问独角兽同学："有个女孩，后来跟着大款跑了，抛弃

.

了原来跟她在一起的穷小子。她为什么爱钱，有没有一个理由使我们可以原谅的？"

独角兽同学回我："爱钱是错吗？为什么需要理由被原谅？有个女孩，后来跟着帅哥跑了，抛弃了原来的丑小子，需要理由吗？因为那人长得帅，大家就觉得可以接受，因为那人有钱，大家就觉得不能接受，凭什么啊？你穷我就要陪你穷啊？"

我一时语塞："我只是希望帮她找一个理由。"

独角兽同学继续："故事就是故事，选择就是选择，结果就是结果，没有对错。"

每一个女孩的秘密里，都住着一个男孩。

每一张精致的面孔下，都曾隐藏过泪水。

每个人都有自己的故事，每个人都有自己的选择。

每个人都有自己的结果，每个人都有自己的软肋。

我们希望从自己的选择里，找到一副盔甲，来护住我们的软肋。

这副盔甲，可能是金钱、地位，或者是一个可靠的肩膀。

只是，爱，从来都是一道判断题，只需要判断爱或者不爱。

太多的事情都不是我们自己能够主宰和抉择的，可偏偏爱，容许我们抉择，可是你却跟我扯什么门当户对，扯什么伦理纲常？

爱，不管有没有坚持到最后，那就是爱，都会被祝福。

我不懂爱，可我曾纯粹爱过你

我 6 岁那年，宛如出生了。

自从《小时代》里有了一个叫"唐宛如"的力大如神的姑娘之后，你可能觉得我的女主角宛如也是一个胖胖的逗比，面对自己心爱的男人娇羞地说了一句"你的体力很好"之后，马上又补充了一句："我不是说你床上的体力！你不要想歪了！"

哦，是的，你猜对了。

我的女主角宛如果然就是一个胖胖的逗比，当然，那是在她 18 岁以前。

1

出生的时候，宛如是一个"标准"的 9 斤姑娘，离"标致"差了整个银河系。

我给宛如取过不下 10 个外号，比如胖头鱼啊，矮冬瓜啊，胖大海啊，机器猫啊，大脸盘啊。当然，宛如最喜欢的一个外号是大丸子，她的理由是"至少吃起来还是很可口的嘛"。

我记得她 6 岁那年，我带着她去县里新开的超市。我们那个年代，小卖部和百货商店是主流，超市简直是鹤立鸡群。可是之后，我们俩都自动拒绝了去超市。

因为从超市出来的时候，一个工作人员不断看着宛如粗壮的腰部，眼神里充满着"是不是偷偷塞了什么"的问号。

6岁的宛如智商很高了，她居然读懂了那个工作人员眼神里的内容。

宛如双手掐腰，冲着那个工作人员大声喊："这是肉，这是我长的肉，我们没有偷你们的东西！"

汗!

只是，这世界还真是不公平，那些从出生开始就是9斤的姑娘结果却苗条成了豆芽菜；那些小时候几乎被看成是营养不良典范的姑娘却浮肿成了包菜。

总之，过了18岁，我就眼瞅着宛如从一个胖胖的逗比假小子，脱胎换骨成了一个漂亮的妹子。

而且几乎就是短短半年的时间。

这中间，宛如没有健身，没有减肥，甚至从来都没有因为保持身材而晚上减餐过。

她大口吃凤梨虾球沙拉、豆豉蒸鱼腩、开洋葱油面、豆皮猪肉卷、拔丝草莓咕噜肉，吃完就睡。

这让太多捆绑着保鲜膜跳保健操晚上只敢吃过水青菜的妹子们愤愤地喊着 shit、fuck 等一系列我们耳熟能详的英文单词。

不管是大雪纷飞的午夜，还是大雨滂沱的午后，

都藏着我们的记忆。

记忆不过就是两个人，或者一群人的偶遇。

如果有机会，我想过不一样的人生。

很多时候，因为年轻时的叛逆错过了很多机会。

如果有机会，无论需要付出多少，我都会紧紧把握住。

感情不是儿戏，认真了就不要放弃，

我是，你也是，我们都是。

许过山盟海誓，我们就要地老天荒。

变成了豆芽菜之后的宛如，成了学校里的校花，她也从滞销打折商品摇身一变成了畅销商品。

收到了几封男生写来的情书之后，宛如开始正式考虑自己的情感问题。

宛如给我展示她收到的情书，边展示边吐槽。

情书一是情歌借鉴范儿：

　　如果真的有一天，爱情理想会实现，

　　我会加倍努力好好对你永远不改变，

　　不管路有多么远，一定会让它实现，

　　我会轻轻在你耳边对你说，我爱你。

　　宛如，我爱你，爱着你，就像老鼠爱大米。

宛如的吐槽是："'爱'写得跟'受'一样，我想多了，还有，这不是杨臣刚写来的情书吧，太吓人了。"

情书二是野兽发情范儿：

　　我想我可能喜欢上你了。真的，很难形容这种感觉，那种整个心都跟着你的心跳动的感觉。

　　我想跟你干很多事情，想抱着你，陪着你哭，陪着你微笑，跟你讨一个拥抱。

此刻，我想吻你了，一直吻你，突然写不下去了，我内心开始涌动想吻你的欲望了。

我也很想问问你，你对我的感觉是什么？有没有也想回吻我呢？

其实，我可以给你更多。

宛如的吐槽是："你可以给我最多的就是，哪里凉快哪里待着吧，一个大学生，怎么能够这么低俗呢？"

情书三是自我麻醉范儿：

宛如，每次当我走过你的身边的时候，我都能发现你紧紧盯着我的眼神。

你看你，为了我上个学期没有顺利通过《建筑设计基本原理》而神伤，你都瘦了，都有黑眼圈了。

还有昨天中午，你在餐厅吃了最贵的那道菜——水煮鱼片，你怎么知道我喜欢吃鱼呢？

我与你共鱼（遇）见。

宛如的吐槽是："还玩双关呢，这孙子谁啊，我什么时候紧紧盯过他了？我怎么有被监视的感觉啊，因为昨天我点的真的是一份水煮鱼片。"

2

这些浅薄的男孩子都不知道，宛如挑选男朋友的标准是声音。

不是说外貌形体不重要，而是声音是第一考量因素。

哦，是的，如果赵忠祥不嫌弃，宛如完全有可能嫁给赵老师。

想想有那么一个月黑风高的晚上，赵老师怀里揽着宛如，用标志性的声音解说道："雨季结束了，又到了交配的季节……"

某一个寂寞难耐的晚上，宛如色眯眯地看着我："阿新啊，你未娶我未嫁，你干柴我烈火，要不要咱们俩尝试交往一下？听到你的声音，我都会怀孕啊。"

我严词拒绝了她的想法，我给宛如摆事实讲道理："宛如，我跟你说，你亲妈是我亲妈的亲妹妹，你懂一个词叫乱伦吗？《婚姻法》第7条规定，直系血亲和三代以内的旁系血亲是禁止结婚的。我和你就是标准的三代以内的旁系血亲。"

宛如眨了眨眼睛："哥，你不会当真的吧？"

我一脸娇羞地飞走了。

大学毕业后的七月，是宛如最轻松的一个暑假，因为她爸爸答应她给她两个月的时间好好休息。

而就是这个暑假，宛如迷上了打羽毛球。

认识徐朗的那天，宛如和他的固定球友都没来，所以，他们临时凑在了一起。

徐朗的球技很差，但是宛如还是奉陪到底，就为了那个磁性的声音。

打完球，一身汗。

徐朗走过来，步子轻盈，像一只猫，轻声说了句："吃点东西吧。"

宛如的身上通了电一样，明晃晃的，这是个听了会怀上双胞胎的声音，尽管普通话并不标准，带着浓重的江苏腔。

宛如历来都是个懂事的姑娘，从小爸爸就教育她，跟男人吃饭也不要让男人请自己。

宛如爸爸不希望哪个浑蛋用一顿饭就拿走了自己女儿的信任。

宛如也知道要为男人省钱，哪怕不是另一半的男人。

所以，在她的坚持之下，两个人去了麦当劳，宛如只要了一个麦旋风。

吃完麦旋风，徐朗说要去门口抽根烟。

两个人面对面说话，宛如发现徐朗的口气极为清新，而没有很多人抽完烟之后的烟臭，真是神奇。

宛如忍不住盯着对方的脸看。

徐朗很白很瘦，眼睛下方有淡淡的阴影，让人想到迷人的吸血鬼。

很多人运动的时候上半身都是简单的 T 恤，他却是一件精致的衬衫，还带着一只银色的小鳄鱼的领扣。

徐朗的年龄比宛如小一岁，是附近一家培训机构的心理科老师。

不过，一个心理科老师，喷着范思哲的香水，穿着考究的衬衫，宛如瞬间觉得自己的心理疾患太重，什么抑郁症狂躁症妄想症都上了头。

是的，她需要徐朗的治疗。

不过，搞心理的人都神经兮兮的，这是宛如在大学里的经验。

当时宛如所在的大学校区里一年有两个人自杀了，一个跳了楼，一个用毛巾把自己勒死了，全都是学心理学的。

当然，后者恐怕也对物理学深有研究，否则怎么可能用一块毛巾把自己勒死了呢。

佛家有言：要度人，先度己。

金庸先生写到七伤拳的拳法：先伤己，后伤人。

宛如需要徐朗度自己，也需要徐朗来伤自己。

"那你做什么工作的？"徐朗问宛如。

"我，暂时无业，正在找工作呢。"宛如不敢告诉徐朗自己的职业是富二代，她有一个超级有钱的老爸，而这个老爸还超级疼她。所以如果她真的想工作，那么可以直接到她老爸的其中一家公司里做个副总裁啥的。

目前做总裁还是不行的，因为总裁是宛如的亲妈，我的亲姨。

总裁大人一直惦记着女儿的情感问题，亲自出马给宛如找了两个相亲对象。

跟两个相亲对象见面之后，宛如对感情的唯一要求成了"不为我的钱、家世，只为了我这个人"。

当然，还有那个声音上的小小要求。

一个星期之后，宛如和徐朗住到了一起。

很多人信奉日久生情，可是宛如只确信体内多巴胺的变化，那才是真爱啊。

有一种感情叫作先入为主，有一些事情只是一念之间。世间百态，人间真情离恨，哪里有什么定律定理？何不顺其自然，莫强求。这是宛如的处世哲学。

徐朗爱看村上春树所有的书，有一次翻译村上的高手林少华先生来本地的书店签售，他买了十本签名书，只是他好像有很多朋友要送，所以连宛如都没有得到一本。

宛如本来是很不开心的，可是后来想到朋友多也是件好事嘛，心情才算好了一点。

徐朗有很严重的洁癖，家里是白色的床单白色的被子，每天都穿白色的内裤，宛如心想自己长得又不白他干吗不找个白种人一了百了。

只能说，放弃了白人而选中了自己，这就是传说中的命中注定。

徐朗的厨艺不错，最拿手的是做鱼，不管是红烧带鱼，还是葱烧鲤鱼，或者水煮鱼，宛如庆幸自己不是美人鱼，否则都怕他把自己给蒸了煮了吃了。

当然，徐朗对做那件事也很拿手。

徐朗喜欢开着灯做。

宛如说："关上灯吧，不习惯。"

"不，我想看清楚你身上每一寸肌肤。"

徐朗的体内像安装了 7.62 毫米口径 AK-47 系列的那杆枪，宛如陷入到枪林弹雨之间。

"抱抱我吧。"宛如的手揽过他的脖子。

一个很烫的吻贴过来，宛如实在无力招架。

"我想给你生个孩子。"

宛如的这句呢喃，淹没在徐朗频繁活动之后的汗水里。

宛如畅想过两个人的婚后生活，有一个可爱的宝宝，夫唱妇随，那才是最恰当的幸福，也是触手可及的幸福。

宛如问："徐朗，你希望我们的宝宝是男孩还是女孩？"

徐朗愣了一下："我还没想过呢。"

宛如说："我希望长得像我，声音像你，最好是个小男孩，将来得多少女孩子迷恋他啊。"

徐朗说："好啊。"

3

他们很少聊工作，徐朗也不喜欢跟宛如说自己的工作情况。

宛如只知道他除了做心理辅导之外，好像还在一家海产品加工公司做业务，电话里经常会冒出海参、鲍鱼、牡蛎这些海洋生物的名字。

宛如想象着自己坐在龙椅上，服侍着龙王，自己就是龙公主，身边一堆虾兵蟹将。

早先时候，徐朗是喜欢跟宛如一起打球的，可是过了一阵子，他居然换了之前常去的也就是两个人相识的那家球场。

徐朗说他需要单独的空间。

作为一个独立女性，宛如也是万分支持彼此拥有独立空间的，她也很看不上有些女孩抱着一大堆零食去陪男朋友加班，或者恨不能用502万能胶水把两个人粘在一起，那都很愚蠢。

空间没了，爱也就散了。

慢慢地，徐朗的脾气变得非常差，也很少下厨做饭，跟之前的他，简直判若两人。

宛如问徐朗到底怎么了，他也不回答，反而咆哮着怪宛如小心眼。

是的，爱一个人，我们就会为他找很多很多借口，比如他最近工作太辛苦人生太苦逼了，他其实生性如此你需要慢慢适应，他是为了我们的未来而拼搏而忧愁而担心啊。

所有的理由，换来的三个字是"我愿意"。

在宛如数过两个人已经一个半月的时间里没有任何亲密关系之后，她确信他们之间出现问题了。

果然，宛如从徐朗的包里翻出来了一个小瓶子，上面写着"男用延迟喷剂"。

宛如问徐朗："这是什么？"

徐朗一把抢过来那个小瓶子，"你翻我包干吗？"

宛如问他："我就想知道你用这个干吗？"

徐朗瞟了宛如一眼："上面不写着吗？有疑问？"

"你在外面是不是有人了？"

"你管我？"徐朗显得非常没有耐心。

"当然我管你了。"

"凭什么啊？"徐朗发出了一声冷笑。

"凭我是你女朋友啊。"

"你？我什么时候说过你是我女朋友啊？"

宛如的瞳孔慢慢散开，对啊，徐朗说过自己是他的女朋友了吗？

"你这个流氓！"

"去你的吧！"在徐朗的手掌最终落到宛如脸上的那一刻，宛如一点留恋的心都没有了。

"你管我？"

"凭什么啊？"

"去你的吧！"

徐朗的声音依然好听。

一个人远在天边，可是他要走太久太长的路，让你发现，原来你们的心挨着，有时候那个人就在枕边，一句话脱口而出，一桶冰水浇到头上，你才恍然大悟原来是两个世界的人。

我们总是习惯说跟你一生一世，可是有些话说一次，就像糖水被冲淡了一次，越来越无味，以至于连自己都觉得没劲。

宛如自认不懂爱情，但她喜欢杜拉斯的那句话："爱之于我，不是肌肤之亲，不是一蔬一饭，它是一种不死的欲望，是疲惫生活中的英雄梦想。"

4

后来，宛如知道的是，徐朗被一个叫孔姐的女人包养了。

两个人的相识，也是因为打羽毛球。

孔姐是一个女老板，二十年专注贩卖海鲜，离婚多年，名下资产千万。

宛如偷偷地跟踪过孔姐，微胖，有轻微的狐臭，屁股一扭一扭的，说话的声音大得震天。

宛如心里有些疼，不是因为所爱离开了自己。

宛如想到正当年的他需要使用所谓的"男用延迟喷剂"来取悦对方，是有些心疼的。

宛如想到爱干净的他都恨不能把自己的每一双袜子都熨平，跟着一个粗鄙的海鲜店女老板，他会不会也偶尔难过？

也许甘之如饴吧，天知道。

呵呵，单独的空间，这个理由就跟抗战剧里傻×编剧的那句很扯的台词"同志们，八年抗战马上就要开始了"一样的鬼扯。

那些掏心掏肺的情话，都成了彻头彻尾的谎话。

曾经有多想跟你在一起，现在就有多不想认识过你。

但是，如果真的回到从前，恐怕我们的选择依然不会变，就好像演员本就该按照剧本去演戏一样。

我们都是演员，只不过是演戏，而剧本早有人替你写好。

很胖很丑的胖子，很温暖很动人的宋冬野，有点像跑调一样地唱着：

我知道，那些夏天，

就像你一样回不来。

我也不会再对谁满怀期待，

我知道，这个世界，

每天都有太多遗憾，

所以你好，

再见。

宛如问我："哥，你说我当时如果告诉他我的家世，他会不会一直跟我在一起呀？"

"你看，明知道他是一坨屎，可是你还是想插在他上面。喂，宛如，你可是一朵校花啊，你身后可是一群男人哭着喊着要你给他们生猴子啊。"

"那你能不能答应我，不要告诉我爸我妈，我怕他们担心。"宛如的眼神像童话里卖火柴的小女孩。

不过，正在看这篇文章的你，如果你是宛如，你会挽留吗？

挽留一个喜欢村上春树的男人；

挽留一个有严重洁癖的男人；

挽留一个会给你做饭的男人；

挽留一个会给你一夜欢愉的男人；

挽留一个对你说"凭什么"和"你管我"的男人……

宛如，捕风。

我给宛如回了一条微信：

"分开不可怕，无爱不可怕，毫无温度的吻，才最可怕。

"因为这个锐利的吻，总有一天，会戳破你的心。"

每个人的心里，都有一个或者更多的结。

因为这个结，才有了爱情里草木皆兵中的风吹草动，破釜沉舟的哭天抢地，平凡世界里的英雄梦想。

所以，结，其实也是劫。

最怕的，便是我们命里的那些在劫难逃。

第三夜

那些忍住泪水的夜晚，
我们都是大英雄

多少个峰回路转，才能看到身边那哭红的双眼？

我曾以为我会永远守在她身旁，今天我们已经离去

在人海茫茫。

我能不能特别矫情地说一句："谢谢我身边出现过

的每一个你。"

那些忍住泪水的夜晚，我们都是大英雄

1

两年前的一个夜里，虎子从济南去青岛，跟当时的女朋友相会。

到了青岛后，电话里两个人就吵了个天翻地覆。为了什么原因，虎子已经不记得了，他只记得当时恨不能引爆内心的那枚手榴弹。

虎子订了最近的一班凌晨三点从青岛回济南的火车，他一分钟都不想在这个城市多待了。

只是中间这几个小时实在难熬，虎子不知道该去哪儿，又能去哪儿呢。

青岛是个典型的迷宫，左左右右，前前后后，找不到方向，更何况已经是晚上十二点了。

走到哪儿算哪儿吧。

路上，人已经很少了，就在一个拐弯处的路灯下，出现了一个迷你烧烤摊。

绝对迷你。

一辆面包车的后备厢里装了个简单的炉子，一旁是三个电脑桌大小的餐桌，有些简陋和寒碜。

就这里了，虎子一屁股坐在马扎上。

"来点什么？"烤串哥问。

"随便吧。"虎子回答得也很敷衍。

因为只有他一个顾客，虎子来了句"老板不嫌弃的话，一起吃吧，反正我也一个人"。

那烤串哥竟真的就坐在了虎子身边。

烤串哥看上去就很憨，应该大不了虎子几岁，有点像大一号的王宝强，系着纯白色的围裙，看上去很干净，很讲究。

五分钟不到的时间，羊肉串、明虾、马步鱼、翅中，就端上了桌。

"喝酒吗？我这里没有，不过旁边就是二十四小时便利店，我去搬几瓶？"

"几瓶可不够，得一箱。"虎子撇撇嘴。

"弄啥嘞，能喝得下吗？"话虽说着，可烤串哥还是从便利店搬来了两箱青岛啤酒，呼哧呼哧的。

"第一次来青岛？"

"第三次。"

"女朋友在这里？"

"好眼力！"其实，虎子并不想多谈自己对当时女朋友的迷恋，只是希望找个人一醉方休。

"兄弟，喝一个吧，也赶紧尝尝我烤的串。"

烤串哥 31 岁，比虎子大 2 岁，来青岛两年的时间，平时在一家中高档的西餐厅做面点师。

"我老婆刚给我生了个儿子，我就琢磨着晚上下班后再出来烤个串，赚点零花贴补家用。"

"哟，看不出来，你还是个好男人呢。"

"弄啥咧，俺可是标准的好男人哩。"

这口音，难道跟虎子最喜欢的相声演员"小岳岳"岳云鹏是老乡？

"大哥，您是河南人？"虎子问他。

"对啊，弄啥？"

"您给俺唱个《五环之歌》，让俺乐和乐和吧。"

烤串哥听了扑哧笑出声来了："啊啊五环，你比四环多一环……"

虎子跟着唱："啊啊五环，你比六环少一环……"

人之间的情感很特别，甚至有时候莫名其妙。有人说女孩子喜欢上了穿白衬衫的小青年，哪怕对方是宋小宝，在一个晴朗的午后穿着一件干净的弥漫着洗衣液味道的白衬衫，也能对上眼。

而就因为这首深夜里的《五环之歌》，虎子认定了烤串哥。

2

"不过我的数学成绩很好的，高考考了 142 分。"烤串哥的这句话一出来，虎子如同毛头小子意外跌入山谷之后见到了世外高人。

"你是偏科吗？读哪个大学啊？"虎子满心的不解。

烤串哥出生在河南鲁山县的农村，那是一个国家级的贫困县，全村的人都穷。

家里头兄弟三个，大哥是小儿麻痹，小时候发烧烧坏了，他和弟弟都考上了大学。

他考上了上海交通大学，弟弟被浙江的一所专科学校录取了。当时弟弟还报了上海的两所学校，就为了能离哥哥近一点。

烤串哥大四那年，弟弟上大二。

有一个周末，弟弟打了一个电话，说有要紧的事情要见面商量。

烤串哥坐着绿皮火车去看弟弟，咣当咣当，每一声都是思念。

"哥，等等我。" 6岁的弟弟跟在8岁的哥哥身后，在哥哥眼中，弟弟就是那个小不点。哥哥觉得弟弟是累赘是包袱，害得他不能四处疯玩撒野。

弟弟的平衡能力着实有点差。弟弟10岁那年的大年初一，两个人出门拜年，哥哥指着结了冰的河面问弟弟，你敢上去吗？弟弟探了探脚，没想到整个身子瞬间倾斜。哥哥被妈妈好一顿胖揍。

青春期，弟弟已经长出青色的胡茬了，可是哥哥的身体却没有发生任何变化，哥哥心里想的是，弟弟总让自己等等他，现在就不能等等自己吗？

想到这些，哥哥的嘴角上扬。

你知道在这个世界上，有一个人是跟你从同一个肚子里生出来的，你们是亲兄弟。

这叫手足之情。

见面后，弟弟说出了原委。

弟弟说第二天要考英语四级，可是英语又实在不是弟弟的强项。

"哥，要不你帮我考吧？"弟弟央求他，就像小时候奶声奶气的那句"哥，等等我"。

"这万一被逮到，可不是小事啊。不行，你还是自己考吧。"

"我这英语水平，肯定过不了。"弟弟咬着手指甲。

"那，你们学校以前查得严吗？"烤串哥面对自己的弟弟，实在很难拒绝："好了，别咬了，都多大的孩子了。"

"不严不严，而且咱们有优势，你看咱俩长得多像啊。"

烤串哥知道，外人虽然总说兄弟俩就是一个模子里刻出来的，但是事实上两个人并没有多么像。

小时候，弟弟闯祸了，大家骂的永远都是烤串哥这个带头大哥；弟弟遇上麻烦了，也是得哥哥出马。

一腔孤勇提枪上马的，永远都是哥哥。

结果，就是因为这次替考，弟弟被学校开除，烤串哥也受到了牵连永远告别了上海交通大学。

那一年，全国严查四六级替考，所有涉及的考生全部都没了学籍被迫退学。

烤串哥清楚地记得那是十二月初的浙江，并不冷，可是他追着监考老师跑了一路，浑身是汗，冷得哆嗦。

往事就是如此，仿若一面哈哈镜，镜面和现实终究不同。有些往事可笑，有些现实可叹，但镜子外面的人总是觉得无奈。

梦中惊醒，烤串哥一脑门的汗。

烤串哥懊恼到想去跳河，他担心的不是自己，而是弟弟的未来。

老乡们所啧啧称赞的村里的两个大学生，现在连毕业证都拿不到了。当时，再有半年，烤串哥就要顺利毕业了。

至今，烤串哥的父母都不知道自己的两个儿子没有念完大学，更不知道自己的二儿子没能从上海交通大学毕业，而是去了青岛的一家职业学校学习了面点制作。

几年的时间，苦过，累过，不甘过，甚至像一条癞皮狗一样过生活。

但是，烤串哥从来没有掉过眼泪。

那些没忍住泪水的瞬间，我们更像自己；那些忍住泪水的夜晚，我们都是大英雄。

很多人学了两年也做不好的托帕兹菠萝蛋糕，烤串哥两个月就做得有模有样，连带他的师傅都夸他有天赋。

烤串哥心里想：狗屁天赋，那是因为毫无退路。

学习了两个月之后，烤串哥就到了一家西餐厅，一年之后，跟餐厅里最漂亮的领班结了婚。

每一个武松都被逼上了梁山，每一个武大郎都娶了如花似玉的潘金莲。

烤串哥并不介意自己是走了狗屎运的武大郎，当然，该死的是他真的有个亲弟弟，那个曾经闯过大祸的亲弟弟。

3

半年前，老婆给烤串哥生了个虎头虎脑的儿子。

本来他们没想这么早要孩子，亲密的时候也都算着安全期，结果，老婆还是怀孕了。

娘要嫁人，妻要怀孕，躲也躲不过，逃也逃不了，干脆准备好迎接小生命。

为了贴补家用，每晚十一点半，从西餐厅下班之后，他就成了烤串哥，像电影里等待召唤的蜘蛛侠，神力附体。

很多貌似过不去的事情，看轻了是个笑话，最多也只是个疙瘩。

"其实挺累的，但就觉得停不下来了。"

"'80后'总说迷茫，弄啥咧？我就不怎么迷茫，我坚定着咧。"

或许，我们的人生，从来都是百炼成钢。试了一次，没成，再试一次，依然徒劳。

但只要你敢试，只要你在试，你就不是 loser。

"我太想开一家属于自己的西餐厅了，想想都幸福。"烤串哥说。

"我太迷恋要见的这个姑娘了，想想都幸福。"虎子说。

平时虎子喝两瓶啤酒就晕乎，但那天晚上他的脚步不曾乱过，身子不曾歪过。

平时烤串哥没跟客人深谈过，但那天晚上，他只接待了虎子这一个客人，说了一晚上的话。

那天晚上，星月满天。

一个为情而失意的 29 岁单身男青年，和一个为养家而如此坚定的 31 岁父亲。

两个人把一箱啤酒喝了个底儿朝天，打着一个接一个的酒嗝。

他们说出的每一句感慨，发出的每一声叹息，放出的每一次大笑，都是如此真实而动人。

看了一下表，虎子掏出 200 块钱放到桌上，"哥，时间差不多了，我得走了。这些钱，少了，你就吃亏了，多了，就给小侄儿买糖吃，我估计多不了。"

烤串哥说打死也不能收兄弟的钱，两个人拉扯着，追了两条街。

从那以后，两年的时间，两个人再也没有见过面。

有人说，情感关系是靠维系的，不联系怎么可能有感情？也有人说，喝酒吃肉时说的话怎么能当真呢？但你不得不承认，我们的生命里总会出现几个人，不管等了多久见面，都会觉得那份情一点都没有淡。

那个人，也许是你意淫了很久的一个姑娘，也许是你舔屏过的校草，也许是隐藏在深夜陪你咒骂过或痛哭过的挚友。

4

今年五一，虎子要跟两年前青岛之行要见的姑娘结婚了，他突然想起烤串哥，就按照之前手机里存的号码打了过去。

"虎子，弄啥咧？嗯嗯，我还在青岛呢，哥的西餐厅开起来啦……"电话里烤串哥的声音，无比清亮。

虎子替烤串哥开心，尽管，他压根都不知道对方姓啥，是姓赵还是姓张，还是当时压根就没问过。

不过，那不重要了，在虎子心里，那就是唯一的烤串哥，一个河南人。

"哥，我五一就结婚了，还是那个姑娘，就是上次去青岛没见成的。你如果要有空，就过来喝个喜酒吧。"

"五一？嗯嗯，我过去。"烤串哥先是顿了一下，紧接着就答应了。"小子，我可待不长啊，新开的这家店离不开我啊……"

"知道啦，你是太阳，地球缺不了你。"

"弄啥咧，小子，笑话哥呢……"

梦想，不过是你在心里画了一幅画，通过努力实现了它。

我们的身边总会出现这样一类朋友。

他们平时很少出现，可是总还是会出现，而且，他们出现的时机都很特别。

朋友圈里，你发了张照片，他会评论"人丑就该多读书"，加上一个讪笑的表情；她听说你最近一项工作上的进展，却煞有介事地表明她的态度，"你不会成功"，并且列出了一二三点；听说你找了新的男女朋友，他会说"不会长久的一定会分"。

很讨厌，是不是？

很想粗口，对不对？

就这样，他（她）尽管不是经常出现，但是给出的负面评价却往往充斥着你的大脑。

"你上头没人，注定成不了事。"

"作为一个主持人，你太丑了，所以千万别把照片放在书里啊。"

"你每天陀螺一样转，有意思吗，你就不能学学那某某某，做一个闲适的人？"

写到这里，我想到了我身边的两三位男性和女性朋友，他们就是这样的存在。

"良药苦口""旁观者清"，都会是他们的理由。

好在，很多人可以乾坤在握，不为所动，而且继续在自己认定的路上行走和奔跑。

行走的力量，奔跑的力量，坚持的力量。

但是，也有很多人因此而丧失了向前的动力，被别人的一盆冷水浇灭了。

我们倒真的要像生石灰，别人越泼冷水，我们越沸腾。

虎子的婚礼，我主持。

我抖了一堆包袱，现场的宾客都哈哈大笑，可是虎子始终有些心不在焉。

我说："来，虎子，说说你和新娘第一次的亲密时刻吧。"

看来还是这句管用，突然间，虎子的眼睛一亮，抢过我的话筒。

"新哥，抱歉，现场的亲朋好友们，我得介绍一位重要的宾客，他刚刚从青岛赶到济南，让我们欢迎烤串哥。"

愿有一个人，让你不用再假装坚强

"其实我的快乐都是装出来的，内心深处很多东西没法跟别人说。小新，你愿意听我说说吗？"

灰灰给我发这条微信的时候，我正在电台直播。

按照道理来说，我是不能把手机带到直播间的。可能，我天生顽劣，爱咋咋地。

当时我播的歌是《我们都被忘了》，我很喜欢的香港歌手谢安琪的歌，易家扬写的词。

> 我说最怕快下雨的微风，
>
> 你说你也是一样的，
>
> 我们笑着看天空，
>
> 聊着聊着聊到哭了。
>
> 我们都似乎被谁疼爱过，
>
> 那些梦完美的无救，
>
> 好多相似的温柔，
>
> 也有不一样的难过。

我脑海中映出来我第一次跟灰灰吃烤鱼的画面。

灰灰戴着一对兔耳朵，揽着我的胳膊，说："我得跟大明星合影呢。"

我认识灰灰非常偶然，她是我的哥们的哥们的前女友，当然那都是多少年前的往事了。

我没见过我哥们的哥们，反而认识了灰灰。

"好，你发给我，我在直播，未必能随时回复。"

于是，就有了我从来没有想象过会是在她身上发生过的故事。

打开一个故事，就是一个世界。

1

灰灰小时候住在姥姥家。

至于为什么是住在姥姥家，而不是爸爸妈妈家，没有人告诉她答案。

小时候的灰灰也从来没有想过这个问题。

一度她有个极其让人崩溃的想法，她以为自己就是姥姥的女儿，她是从姥姥的肚子里生出来的。

灰灰极其爱哭，养的金鱼死了哭，种的菜蔫了哭，就连养的老母鸡下了一只蛋都要哭半天，灰灰的理由是老母鸡的孩子掉了老母鸡的孩子掉了。

灰灰一哭，她舅舅就烦。

舅舅大她二十一岁。

那个顽劣的青年拿枕头捂在灰灰的脸上，直到她憋得哭不出来，才把枕头拿下来。

灰灰的脸青紫青紫的，只能看到眼白。

姥姥见了，连呼菩萨保佑菩萨保佑。

姥姥用力拍打着灰灰的后背，又是一声响亮的哭号，活过来了。

"倒霉的孩子啊……"姥姥嘟囔着，粗糙的一双大手，轻抚着灰灰的头。

从那以后，姥姥就一直抱着灰灰，就连做饭也是一只手抱着她一只手给舅舅舅妈炒菜。

姥姥家有个菜橱子，比当年才 5 岁的灰灰还高一头。

有一次舅舅下班回来，嘟囔着橱子上的 5 块钱怎么没了呢。

全家都帮他找，也最终无果，最后得到的结论就是灰灰拿走了。

舅妈严词厉色："5 岁的小孩就偷钱，长大还了得啦。"

晚上睡觉前，姥姥问："灰灰，是不是你把钱拿走了？"

灰灰说："没有啊。"

姥姥说："撒谎的话，鼻子可是会变长的！"

灰灰摸了摸鼻子，说："不是我拿走的。"

姥姥叹了一口气。

钱，的确是被灰灰藏起来的。

她藏在了鸡窝旁边从左边数第 5 个花盆底下。

拿那 5 块钱，她不是给自己花的，她想姥姥还有一个月就要过生日了她要给姥姥买一份生日礼物。

才5岁的孩子，心思就如此之重。

怪的是，第二天，姥姥扫地的时候，居然把那5块钱从橱子底下扫出来了。

姥姥把钱拿给舅妈看，说可能是风刮掉的。

因此，灰灰"偷钱"这事，真相大白。

好不容易挨到了第二天晚上，灰灰蹑手蹑脚地蹭到花盆旁边。

自己藏的那5块钱，安静地躺在花盆下，只是有些潮湿。

灰灰颤颤巍巍地把5块钱塞到了姥姥的手里，又是一个劲儿地哭。

姥姥瞪了她一眼，没打，也没骂。

2

我们的回忆，便能成为这个世界上最好的剧本。

灰灰说姥姥是她见过的最伟大的老太太。

姥爷是一家中学的副校长。"文化大革命"的时候，姥爷被关进了牛棚，天天挂着大牌子游街、挨打。

妈妈和舅舅去给姥爷送饭，红卫兵见了，也过来打他们。

有一天，姥爷被人抬回了家，身上全是伤，被人打断了6根肋骨，坏人们也不让看医生。

姥爷实在忍受不了那种痛苦，第二天一早喝农药自杀了。

姥爷死后，姥姥一个人拉扯妈妈舅舅他们姊妹三个。

院里人欺负姥姥这个寡妇，偷我家东西，姥姥不愿意跟他们吵，可能也吵不过他们，就忍了。

姥姥心里头是恨姥爷的，不允许孩子们提姥爷，姥姥说："这人忒自私忒无情，自己先走了，留下我和这些小崽子们，怎么活？"

现在姥姥83岁了，还是坚持一个人住，不让任何人伺候，她说她不需要。

灰灰的奶奶对她就是另外的状况了。

在灰灰的记忆里，奶奶从来没有正眼看过她，从来没有抱过她，甚至还冲着她吐口水。

13岁那年，灰灰跟着叔叔家的堂弟和姑姑家的表姐一起学骑自行车。

三个人轮流骑，堂弟和表姐的后面，都有姑姑扶着。

只有灰灰，自己一个人。

姑姑的理由是：扶着永远练不出来。

学了一下午，灰灰的膝盖上全是血。有两次，她甚至松开手，想着干脆像姥爷那样自杀算了，人生何必如此辛苦。

几天后，回到姥姥家，姥姥看到灰灰的膝盖，眼眶里全是泪。

灰灰同学幼小的心灵里，种了一颗诅咒的种子。

难道就因为自己是个女孩吗？

人世间总是如此，两个人相忘相杀，并非因为你是错的，只是因为你没有遇见那个对的人。

有了对的人，你便对了。

愿我们所遇，皆为良人。

3

16 岁那年，姥姥家里来了一个陌生的女人，高翘的鼻子，烫得一把糙黄的头发，满脸的讥诮。

她让灰灰叫她妈，她说她才是灰灰的生母。

就那一刻，灰灰如有神助，那么多的细节，拼凑出自己的狗脸岁月。

舅舅用被子捂着她的脸，姑姑满心的不在乎，奶奶吐的口水，原来，这一切，不是因为她的女儿身。

有些真相，不知道才好，知道了平添烦扰。

灰灰飞一样地跑出了家门，她觉得自己好不容易一直用手提着的那条裙子被人一把扯掉。

那条可以遮羞的可以让自己更像一个小公主的裙子，被硬生生地扯掉了。

她是想离家出走的。

可是，走啊走啊，走了一晚上，最终还是蹲在了姥姥家门口。

姥姥找了半天，终于在自己家门口看到了灰灰。

姥姥也没说什么，把灰灰领进了家，摊了四个鸡蛋做了个金黄色的鸡蛋饼。

灰灰全部吞进了肚子里。

吃完后，姥姥告诉灰灰，她出生没几天，被姥姥从公园的空地上捡回来的。

那是快过年的时候，天很冷。

姥姥捡到的那个女婴冻得像紫色的蔫茄子，不怎么会哭。

到了医院，医生说是新生儿肺炎，成活率 2%。短短的一个月时间，光病危通知书医生就下了三次。

终究是命大，一个月之后，灰灰出院了，能哭会笑的。

可不巧的是，出院后的半年，灰灰的养母就怀孕了。

养母跟自己心里的小人商量，要不先养着灰灰，不要肚子里的娃娃了。

也不知道是个弟弟还是妹妹，那个多细胞的小生物，就化成了一摊血水。

打掉自己孩子的事情，除了灰灰的姥姥，当时没人知道。

灰灰爸爸知道媳妇流产亲生孩子没了的结果，把一桌子的菜都掀翻了，后来一边抽烟，一边叹气。

再之后，灰灰妈妈的肚子就再也没有大起来了。

灰灰奶奶以为这个儿媳妇不中用不能生，非要灰灰爸跟灰灰的婶子圆一次房。

阳光的空白，空气的空白，心情的空白，人生的空白，仿佛一切都是空白，也许这才是真实的生活。

那是一个 16 岁少女的空白。

有些人，穷其一生都在努力奔跑，或许他们在乎的，并不是最终的目的地，而是途中御风而飞的过程。

只是，你所拥有的一切，经常会瞬间回到起点。

起点，是虚无。

4

就在前年，灰灰同父同母的亲生弟弟来找她了。

她不知道自己还有一个亲弟弟，而且长相如此相似。弟弟说是他们的亲生父亲把灰灰卖给了后来的养父母。

弟弟说他们的亲生父亲是一个极度狂躁的嗜酒男，喝完酒就把拳头挥向弟弟和生母。

在弟弟 12 岁那年，这个男人终于死了。

死了的，是灰灰的亲生父亲，但她一点都不痛。

灰灰跟面前这个年轻人说："你在骗我，明明因为我是个女孩，才被你们扔了。"

灰灰弟弟说："不是的，是我们的畜生父亲把你卖给了你养父母的，他们生不了孩子。"

灰灰说："他们能生，他们是为了我，才打掉他们的亲生孩子的。"

灰灰弟弟说："你长脑子了吗？你用你的大脑思考一下，养别人家的孩子，打掉自己的亲生孩子，他们是不是有病？"

灰灰说："我不管我不管，你们扔了我三十多年，现在想起来找我啦？"

灰灰弟弟说："姐，人总是要认祖归宗的。"

灰灰说："谁是我的祖？谁是我的宗？我认祖归宗，也是认我姥姥，你走吧。"

灰灰弟弟说："你真是个白眼狼。"

灰灰还是决定不认他们，毕竟姥姥养她不容易，而且养母为了她连自己的孩子都没要。

尽管她几乎没见过自己的养母。

但，人，总要知恩图报吧。

弟弟丢下一句"咱妈得癌症了，没有钱治"，转身就走了。

灰灰觉得头晕目眩，很想逃离自己所处的这个世界。她多希望自己身边能出现一个智者，告诉自己到底该怎么办。

灰灰并非没钱，她的生意略有起色，而她的老公也在本地颇有势力。

可是，那个得了癌症的人，跟我到底是什么关系呢？

灰灰不想看她，也不想管她，更不想再跟他们这一家有任何牵扯。

还有一句古话，叫血浓于水。

就在昨天晚上，一个女人给灰灰打电话，说是她的弟媳妇，说她的弟弟因为抢劫被逮起来了，让这个从来没有一起生活过的姐姐，尽为人姐的义务。

"你老公不是很厉害有一些势力的吗？就不能帮帮你弟弟吗？他是要被判刑的呀。"

"行，我想想吧。"

"不能想啦，你知道你弟弟为什么要抢劫吗？没钱啊，我婆婆需要钱做手术，否则人就死了！"

灰灰很平静地挂掉了电话。

没过几分钟，又是一个女人的电话。

这是她的亲妈，曾经那个满脸写满讥诮的女人，在电话那头只是啜泣。

她说改嫁后的男人前些年瘫痪了，她只能天天在家里伺候他，没想到现在自己又摊上病了，儿子也要被判刑了。

"我这是造的什么孽啊！"电话里，女人一直在哭。

"闺女啊，妈就求你这一次，我的病不用治，但救救你弟弟吧，他可是你的亲弟弟啊。"

怎么回事，曾经被一个家庭遗忘了三十年的孩子，现在成了这个家庭的救命稻草吗？

是不是很荒谬？

5

每一张夸张的、飞扬跋扈的、极具攻击性的脸背后，也许都藏着一颗因为脆弱或伤害而千疮百孔的心。

灰灰说，突然之间，恨意消失了。

心里想了无数个要质问亲生母亲的问题，一个都不想问了。

灰灰往对方提供的账号上打了 15 万。

是的，他们之间不需要语言交流，只有金钱往来。

灰灰说，有朋友问过她，为什么你总是那么快乐?

灰灰反问你从哪里看出我很快乐。

答曰因为你一直在笑啊。

灰灰说，那可能你不是真的了解我，我是一个外表有多快乐，内心就有多悲伤的人。

笑，只是我的伪装而已。

佛家讲因果，自然科学讲能量守恒，世间一切事物都在阴阳转换。

就算曾经心碎成了肉馅，你也要努力地把破碎的心捏起来余成肉丸子，下到沸腾的热水里。

咬破的嘴皮混着鲜血咽下去，硬是不出声不流泪，鲜血一滴不剩地咽下去，流转一圈又回到它该去的地方。

血腥味，也许让我们转移了注意力。

就这样，忍住了心头的苦。

将苦楚化作动力，也就是我们说的坚强。

让我陪你，直到世上再无奇迹

1

快凌晨一点了，跟常顺兄弟倚在医院外面的栏杆上，聊了几个小时，拥抱，告别，我走在济南清冷的街上。

这是一个每天凌晨四点给女儿熬汤药的 6 岁白血病女孩的父亲。

这是一个当女儿问"爸爸，我死了怎么办"不知道如何回答的父亲。

这是一个想尽办法给女儿生的希望的父亲。

生活不是电视剧，却给了我们最曲折的剧情。

常顺兄弟是山东省菏泽市鄄城县箕山镇王南垓村人，今年 30 岁。

镜头里的他，讲自己的女儿去年查出患上了白血病，自己的妻子又遇上了交通事故，现在女儿配型成功，手术费用却让他曾经跟卖肾的联系过。

卖肾的说事成之后给他 15 万。

后来，这事被他的母亲知道了，母亲说，如果你真的有个三长两短，这个家就塌了。

我说你讲得很流畅。

他说，第一次接受一个视频网站的采访，他一边说一边抑制不住地哭，哭到最后，腿都软了。

记者说："要不你再说一遍？"

这次，他感觉身上所有的水分都蒸发了一样，光是嘤嘤地哭，却几乎没有滴下眼泪来。

记者说："这样不生动，你还是得哭。"

他说："我哭不出来，我不会装。"

前前后后，他讲了三个小时，那个采访最终用了三分钟。

"一说到孩子，我就想哭，新哥，我是不是个很软弱的人啊？"

查出女儿患上了白血病，绝对是个意外。

奶奶带着 5 岁的小孙女去村里的药房拿高血压的药，结果有位好心的医生脱口而出说了一句话："这小女孩的脸怎么蜡黄蜡黄的啊？该做个检查。"

祖孙俩到镇上的医院验血，条件有限，医生用的词是"高度怀疑是白血病"。

第二天，孩子在县医院做了骨穿刺。

医生很严肃地说："孩子的原幼细胞高达 80% 多，这意味着孩子80% 就是白血病。"

之后就是确诊，5 岁的女儿患上了急性淋巴细胞白血病。

一家人吓坏了，吃不下饭睡不着觉。

常顺兄弟觉得老天爷太不公平了，为什么让自己摊上？

"当然，也不能让别人家的孩子摊上，唉。"

常顺兄弟知道县里有个很热心的慈善家，拉着女儿去了。

女儿那天的嘴巴一直在渗血，止也止不住。

慈善家看到了，心疼得了不得。他跟常顺兄弟说："我给你个万八千的，没问题，但是孩子得了这个病，那点钱几天就花光了。这样吧，我这里有五十箱香油，你拿到济南卖卖看吧，说不定通过这个事，也能有更多好心人都帮你。"

常顺兄弟就坐着大巴车，从村里，来到了济南。

女儿的体力差，不能多走路，常顺兄弟就找来了一辆三轮车，把女儿带到了泉城广场。

一个拉杆行李箱、一个黑色的双肩包，一根破棍上挂着两个输液袋，地上放着两小箱"中国好人牌香油"。

常顺兄弟就成了在济南的泉城广场上为女儿募款的"香油哥"。

"可能看我一个大男人在路边卖香油，很多人觉得我是骗钱的。"常顺兄弟幽幽地说。

"当天就有人问我，既然孩子得了这种病，你为什么还把她带出来，难道你就不知道带出来的风险吗？这个我当然明白，有可能一次感染会让她失去生命。但我带她出来卖香油，有可能给孩子带来生的希望，这也是我唯一的希望、唯一的一条路。"

　　因为我所在的电视节目的报道，先后有不同的好心人给他捐款。

　　大多都是微信转账。

　　每一个给他转账的人，他都会打上三个字："谢谢您。"

　　有一个病人家属，是一个妈妈。三个月前，这个妈妈的孩子是因为白血病而离世。这个妈妈一直在鼓励常顺兄弟，给他加油，还发了一个红包。

　　看着对话框里的这个红包，常顺兄弟迟迟没有点开。

　　他分明看到的是红包里的痛。

　　常顺兄弟单薄而瘦弱，浅色的嘴唇，头发略微有点发黄，看上去就营养不良。

　　他脸皮本来很薄，但现在百炼成钢。

　　他觉得泉城广场附近的年轻人太多，捐款的形势不好，就跑到趵突泉北路的一个桥头上。这附近的大叔大妈很多，大叔大妈一般更心软。

　　他摆上香油，写了一个求助的纸板，又放上了孩子的病历。

　　有一个老太太经过，看了一眼，又折返回来，继续看。

　　老太太走的时候，放下了 10 块 1 毛钱，11 个硬币。

　　生意远没有他想的那么好做，三天下来，也就是卖了几瓶香油。

　　一瓶是 14 块钱。

他不敢照镜子，他怕看到镜子里自己失望的眼神。

我问常顺兄弟，你有没有想过放弃？

他说从来没有。

因为孩子没办法选择，可是大人能够选择。只要还有一线希望，哪怕一线，他就想办法。

钱能解决的就不是问题，我们都这么说。

但，钱，太多时候难倒了英雄汉。

自从知道孩子的病情之后，为了省钱，常顺兄弟没有买过一件衣服，身上穿的是孩子的奶奶实在看不下去在大集上给他买的劣质运动服。

当时花了40块钱买了2件，上面印着很大的耐克标志，他倒腾着穿。

为了省钱，常顺兄弟在医院里献血，献血小板，这样女儿需要的时候，就能便宜很多。就这样，很短的时间里，他献了6次血，2次血小板。

钱，真的是大问题。

因为钱，常顺兄弟和妻子在电话里偶有争吵。

有一天，女儿问他："爸爸，如果我死了，你还会和妈妈吵架吗？"

常顺兄弟不知道怎么回答，他甚至不知道孩子心里到底在想些什么。

孩子知道自己得了白血病。

有一天晚上，实在不知道怎么筹钱了，他就哭。

后来，女儿醒了，就抱着他一起哭。

讲到这段的时候，常顺兄弟低垂着头，对我说："我女儿她什么都懂，什么都知道。"

2

前天晚上，我妈给我电话，她问我："你去看那个白血病小孩的时候没有记者吧，我觉得如果有记者很像作秀。"

我说："有记者，但不是作秀。"

我妈说："哦，反正作秀不好。"又加了一句："你爸说应该做点善事。"

"我知道了，我马上到医院了，带着常顺兄弟出去吃点饭。我挂了，妈。"

见到常顺兄弟，还是那身黑色"耐克"运动装，上面是白色的图案。

"兄弟，你得洗洗啊。"

"嗯，洗，一晚上就干了。"

他的脚上不是一双蓝色的拖鞋，就是那双全是皱褶的运动鞋。

记者采访的时候，给了那双运动鞋一个很大的特写，皱皱巴巴，好像一角还开了胶。

我看到了躺在病床上的那个小不点，头发都掉光了，像个小和尚，一直闭着眼睛。

常顺兄弟叫她："闺女起来，看看小新大大。"

她睁开眼睛，又迅速地闭上，就如同在做一场美梦，不希望任何人轻易把她叫醒。

我跟常顺兄弟说，今天晚上带你下馆子去吧。

他说不用客气了，新哥。

我说，你放心，回来给你闺女也带点好吃的。

他说，那行。

你看，常顺兄弟骨子里的狡猾和私心啊。

我们在往医院附近一家餐馆走的路上，还有一个很多女孩子视为男神的名人朋友找我谈事情。

我说那就一起吧。

穿过济南的经十路等红灯，男神朋友瞥了一眼常顺兄弟的鞋子。

趁常顺兄弟接电话，我问男神朋友："你是不是看不起他？我告诉你，他就是我亲兄弟。"

男神说："新哥，我当时就想看看他多大号的脚，想送他一双鞋呢。"

这次见常顺兄弟，最明显的感觉就是瘦，很深的法令纹。

出一点笑的时候，还挤出了好几道皱纹。

"又瘦了 2 斤，现在 106 斤了。"

常顺兄弟从小就不怎么吃肉，最喜欢吃的就是花生米和拍黄瓜。

那家餐馆里没有花生米，只有煮花生。

我们点了煮花生、拍黄瓜和炸蘑菇。

饭馆的老板娘说黄瓜没了，一会又跟我说："你这大主持来了，黄瓜一会就到。"

虽然在骨髓库里已经成功找到了配型，但常顺兄弟更希望自己和女儿配型的"点"更高，据说那样可以省一些钱。

"那时候，我就得逼着自己多吃点肉了，至少得胖 20 斤，才能够标准吧。"

常顺兄弟的手机一直都攥在手里，因为每一条微信都可能是漂在大海上的一块浮木。

他需要更多的浮木，把女儿的命从深海里拉出来，让她透口气，让她活下去。

他点开新的好友添加，点开新的红包，10 块钱。

他习惯性地回一句"谢谢您"。

对方问孩子的情况怎么样了，还需要多少钱，挺多问题。

"每个问题还是尽量回答，我怕人家觉得我是骗子，也觉得该感谢。"

大概 5 分钟的时间，他一直在回答对方的问题，对方发了 10 块钱的红包。

是的，我在算账，我很俗。

我说兄弟，你还是发个朋友圈，告诉大家不能一一回复，但表示感谢，孩子的情况也简单说说。

他想了想，说那也行。

别人是久病成医，常顺兄弟是因爱成医。

他熟悉跟白血病有关的很多数据，他在网上查过不同的骨髓移植专家的名字，他比较过济南、天津、北京不同医院的无菌舱，以及他所能调查的患者的康复情况。

这家医院不能去，因为他们的血液科基本全是成年白血病患者，他们在治疗儿童白血病上经验不足。

那家医院不能去，因为去年他们动过手术的一个孩子今年复发了，他们"杀不干净"癌细胞。

他还是想带着女儿去北京。

孩子的白细胞成倍增长，因为肺部感染又做不了化疗，他在网上查了一堆资料之后，买了几袋子中药，凌晨四点熬一波"红汤"，七点再熬一波"白汤"。

其实，医生很讨厌这样的患者家属："到底是你治，还是我治？你这么会治，那你治吧。"

他冲着医生嘿嘿地笑："您治您治。"

前段时间，常顺兄弟给女儿买了平板电脑。

女儿不间断的化疗持续了一年。

之前爱蹦爱跳的小女孩，现在基本不说话，脾气也越来越大。

那是化疗后的正常反应。焦躁、不安，成年人都无法控制的情绪，何况一个 6 岁的孩子。

常顺兄弟先是让女儿在手机上看动画片，后来，狠了狠心，给她买了平板电脑。

女儿最最喜欢的电视剧是《花千骨》，她倒不迷恋花千骨和白子画之间的虐恋，她最喜欢的是古灵精怪的糖宝，看到糖宝她就会笑。

小家伙在微信里对我说："大大，你真帅。"

很清脆的童声，带着咳嗽。

"你才漂亮呢，比花千骨还漂亮，比糖宝还可爱。"

我能听到她呵呵地笑。

孩子的妈妈也从菏泽到了济南。

前一段时间，她出了交通事故，头结结实实地撞在了水泥桩子上。因为交通事故的后遗症还没有完全消退，她经常晕。

有一个本土的选秀节目的导演联系上了他们，希望通过节目帮他们继续筹款。

"我不怎么会唱歌，记不住歌词，我就希望我的孩子能活。"

妈妈一边抹眼泪，一边狠狠地说。

嘴巴的形状，有些扭曲。

我周围很多朋友都不敢看我直播节目里的那段视频。

常顺兄弟在哭，我也在哭。

有的朋友告诉我，看了两分钟就关了，不敢看。

他们拒绝悲情，抵触病痛，他们给我的理由是自从做了爸爸，自从做了妈妈，会自动屏蔽类似的信息。

对此，我无语。我知道这是柔软，但是不是也很坚硬。

我很想问一句，如果是你的孩子出了类似的问题，你成了主角，你怎么办？

我很爱我的朋友，我也知道这个问句很操蛋。

所以，我没问。

我喜欢的万芳在唱：

我们还是会小心翼翼，

我们也还有拥抱的能力，

仍然会守护彼此，不会提前离席。

……

我们将不再感到可惜，

我们不要伤心了。

节目直播的时候，我说："人来人往，万家灯火，可是我们不知道那个窗口里，到底是什么故事。"

只是，兄弟，我们不要伤心了。

因为，还有很长的路，要走。

3

"我不知道我见你有什么意义。"

他回了两个字："安慰。"

这是我和常顺兄弟之间的对话。

他说，女儿的白血病出现了脑转移，半昏迷状态，左半边身体已经没有了知觉。

一度，我不太敢给他随便发信息。

貌似若无其事的简单问候背后，是琢磨了太久终于按下发送键的小心翼翼。

下了电视直播，衣服没换，背着双肩包，跑去医院。

有个同事问我："我去送你吧？"

"顺路吗？"

"不顺，但可以去送你。"

"那算了吧，我走过去。"

从台里到医院，大概走路十分钟，我需要十分钟来整理思路。

在路上，我认真听一个刚认识不久的朋友给我发来的二十多段语音，讲她所遇到过的白血病患者。她是一个坚强且柔软的女子，她说哪怕孩子真的离开了也是上天的礼物，因为上天不希望孩子如此痛苦，更不希望看到爸爸如此痛苦和操劳。

电台的一个姐姐给我发了一位企业家的留言："类似的信息我每天都能收到一大堆，不仅是个人，还有很多是来自政府和各种慈善机构，就算我要选择救助也不知道该救助谁，如果选择都救助，那我再有一百个这样的企业也依然是杯水车薪。解决问题的根本原因是需要国家说话，而不是你或者我。"那个姐姐气愤地说去他妈的企业家，在微信里把人家拉黑了。

还有一个姐姐给我打了很长时间的电话，跟我说要试试她推荐的那位老中医。据说那位老中医治好了很多白血病患者，她说我看了你的直播知道你很忙我说得也很混乱，我先挂了。

其实，我的心里也很混乱。

孩子从 4 楼的肺病科搬到了 5 楼的血液科，我还没去过。

正当我准备打电话问常顺兄弟孩子的病房号的时候，远远飘来一声"新哥"。

我循着声音去找，无果。

他又叫了一声，我看到了他，满眼的灰色，正在打电话。

我走过去，他的脸上全是泪。他在给孩子的奶奶打电话，内容是他想放弃治疗带着孩子回家。

我说："我没吃饭，你陪着我吃饭吧。"

我们到了肯德基。由于一整天的工作，我中午吃了汉堡王，下午吃了麦当劳，现在是肯德基。

"我下午已经吃过了，所以，你也要吃。"

他就像啄米的小鸡一样，吃着薯条，吃得很艰难。

因为，他心里想的是女儿晚上就喝了一口粥。

他用一张餐巾纸包了一块鸡翅，要带回去给女儿。

还是有人不断地在给他发红包。

其实，他从医生告诉他癌细胞转移到脑的时候，已经没有接收过红包了。他跟每一个发来红包的人说："谢谢您，孩子现在的情况不太好，如果孩子恢复了正常，需要钱我再收。谢谢，感恩。"

有人执拗，回他："如果你不接受，我就天天发。"

他苦笑着给我看这样的对话。

常顺兄弟说像做了一场梦，昨天孩子还能说会笑，现在说一个字都很艰难。

"太快了。"

他觉得遗憾，"如果我知道这么快，我这次就不会把她带到济南，我肯定带着她出去玩玩，去个游乐场什么的。"

事物的细节是规律性的，事物的整体是命运性的。

曾经的他，一度不信命，常顺兄弟只信自己的努力和抵抗。

而现在，他已经开始考虑是不是该把善款退还每个好心人。他想写点东西告诉更多年轻父母关注白血病，他希望全社会能够注意到"小白"这个群体，他甚至开始考虑要捐出孩子的器官。

"我女儿最该被保留的是她的眼角膜，她的眼睛那么漂亮。"

但常顺兄弟又想带着孩子回老家，回到那间破败的房子里。

常顺兄弟说："那是她出生的地方，她该回去。"

如果回到菏泽老家，按照医学标准，就没法捐献器官，而如果不回去待在医院，他认为女儿会更痛苦。

"新哥，你看孩子现在躺在病床上，一动都不能动。"

本来情绪有些缓和的他，又垂着脑袋哭。

直播的节目里，我说："在过往我的评论中，不管是天灾还是人祸，不管是地震还是火灾，很少说希望有奇迹发生。"

为什么？

因为我更相信概率和理性。

而"奇迹"，往往成为责任推卸的借口，和不作为时的表演。

但，此刻，我无比希望奇迹的发生，就像一场盛大的魔术表演——璀璨的焰火，游乐场，旋转木马，女孩的笑脸。

也只有奇迹，可以将她留下来，从黎明到黄昏。

4

2015 年 9 月 21 日 14 点 20 分，我的微信里收到了常顺兄弟发来的一条留言：

新哥，孩子永远地走了，永远与我们再见了。

她虽然不能说话，但她自己也知道自己的时间不多了，不想在医院走。

当我们说回家时，她的眼角流泪了，我懂她的意思。

回到家已经是很晚了。

她静静地躺在床上，吃力地动了动眼睛，眼角流着泪水，她也不舍得。

但疾病让她离开，新哥，我知道有太多的人在关心我的女儿，但我不敢这个时候面对大家，请新哥理解。

祝好人一生平安！

新哥，请原谅我。

很多时候，奇迹都没有发生。

那个会跟着岳云鹏唱"啊啊五环，你比四环多一环"的小女孩，那个会因为白雪公主被毒苹果毒死而抱着被子哭半天的小公主，那个在爸爸妈妈出门时会奶声奶气地说一句"一路有风"的小女儿，还是去了极乐世界。

天堂里，有没有车来车往？

人终究不如蝼蚁，昆虫还能够成为一颗琥珀，永久定格。

可是人呢？

所以我们才不断地问：

故事，真的就这样结束了？

他们，真的就这样永别了？

我们，真的就无法再见了？

连一声"回来了"和"嗯"的问答都成了一种奢侈。

心无挂碍。

无挂碍故，无有恐怖。

远离颠倒梦想，究竟涅槃。

扫码即听

《让我陪你，直到世上再无奇迹》

我不想在夜里醒来，抱着自己痛哭

1

大嗓门的王小甜从小就是个笨姑娘。

5岁那年在幼儿园里，王小甜美美地穿着她妈妈买的背带裤。一阵尿急，王小甜快步走到了小朋友去的厕所，结果背带裤上的扣子怎么也解不开。情急之下，王小甜一跺脚，想把全身的洪荒之力都用在手上，结果，她一脚跺到了粪坑里。据她后来片段式的描述，粪水没到了她的腰部，后来，一个女老师一手捂着鼻子，一手把她拖了出来。

小学二年级，语文考试，作文居然要写200字，题目是《我的妈妈》。王小甜一笔一画地写道："我的妈妈是个女的，她长得比我高多了，她很凶。"紧接着，她就大脑空白了。想了十分钟，也不知道如何动笔，最后，王小甜的胃里一阵翻江倒海，她吐到了试卷上，老师又是一阵忙活。当然，后来，王小甜才知道自己真的得了一种叫"文字障碍"的病。

小学四年级那年，王小甜还掉进了冰窟窿里。

那是一个伸手只见五指哆嗦的冬天，呵气成冰，王小甜和家属院里的其他小伙伴到了湖边。在其他的小伙伴充分认怂之时，王小甜表现出了大无畏的精神。她一步一步往湖中心走，结果就发现湖面的冰开始有了裂缝，就在她不知道到底该往回跑还是该静止的那一瞬间，这个胖胖的丫头分明感觉到自己正在向下沉。

王小甜泪眼汪汪地跟我说："现在我已经想不起来我到底是自动浮上来的，还是被人打捞上来的，我就记得，我妈从我的棉鞋里倒出来半鞋子水。"

王小甜说小时候最对不住的是隔壁家的哥哥。

当时他们两家人共用一个水龙头。

隔壁家哥哥在水龙头的旁边放了一个罐头瓶，瓶子里是一只骄傲的龙虾，两只大眼睛炯炯有神的。

一天夜里，王小甜趁人不备，大战龙虾八十回合。

后来，那只骄傲的龙虾干脆半躺着宣布战斗结束，而且冲着王小甜翻白眼。

再之后，那只龙虾就死翘翘了。

第二天一大早，王小甜在睡梦中被凄厉的一声惨叫给惊醒了。

隔壁家哥哥大声喊："是谁把我的龙虾害死了？"

紧接着，隔壁家哥哥就哭了。

王小甜蜷缩在被窝里，用被子堵住耳朵，我不听我不听不是我不是我。

王小甜讲这段给我听的时候，扯着嗓门笑："哈哈，隔壁家哥哥现在都是大叔了，两个孩子的爸爸，他一辈子都不会知道是我害死了他的龙虾，哇哈哈。我好想哭啊，小新哥。"

就这样，王小甜傻傻地、笨笨地、甜甜地长大了。

2

从小就有文字障碍的王小甜最不感兴趣的就是学习。

最终，高考之后，王小甜到了武汉的一个三流学校，学的专业是计算机。

由于该专业太过阳刚和血脉偾张，所以，两个班 120 个人里总共才 6 个女生。

你以为在这样的集体中，王小甜会是抢手的姑娘吗？

你错了，王小甜用自己的大嗓门征服了所有的男生，是的，她跟所有的男生都成了好兄弟。

他们恨不能一起喊爷爷爷爷做葫芦娃了。

王小甜第一次见到张小瘦，半点感觉都没有。

张小瘦比他们晚一个月来到学校的。据说，张小瘦高考考得一塌糊涂，病了一个暑假之后，他父母给学校交了一笔钱，才来到了这所大学。

可能是因为晚到了一个月有些怕生的原因，张小瘦表现出了无比的腼腆和内向。

此时，王小甜跟班里所有的男生都成了兄弟，却唯独没有跟张小瘦说成话。

夜半时分，王小甜跟寝室里的其他姐妹说："要不，我干脆追张小瘦吧。"

说完这句话，王小甜自己都吓了一跳。

不过吓完了自己之后，王小甜也认真思考了一下。

张小瘦在外形上是有一定优势的，虽然有些羸弱，但是个子很高啊，虽然整体不突出，但是脸上的五官很齐整啊，小巧的单眼皮薄薄的嘴唇，很秀气的。

别看王小甜从小就被贴上了"笨姑娘"的标签，可是在追男生这件事上，她可是有思路有步骤的。

她见张小瘦总是跟受了惊的兔子一样，所以决定只能智取不能强攻。

王小甜给张小瘦寝室的室长发信息，说本姑奶奶善心大发，要请你们寝室所有的雄性动物吃饭，都出洞吧。

于是，七兄弟齐刷刷出现在了王小甜的眼前，满眼都是笑。

其中的张小瘦，却耷拉着眼睛，一副无精打采的样子，也不看王小甜一眼。

"哎哟，那谁，怎么不开心吗？"

王小甜用起了点名战术。

"开心，开心。"这是张小瘦正儿八经对王小甜说的第一句话。

王小甜跟我说："小新哥，你看看，他跟我说的第一句话就是跟我在一起很开心啊。"

"喂，这是你逼的好吗？"

"那反正也是开心。"

吃了一顿饭，还净挑菜单上最便宜的那些菜，连啤酒也没舍得点，可是8个人还是花了270块钱，王小甜心痛的呀。

王小甜更心痛的是，花了一次270，一次340，还花了一次190，可是张小瘦依然没有跟她处朋友，甚至对王小甜的存在毫无察觉。

王小甜更更心痛的是，吃过几次大餐之后，她一个月的开支已经超过了预算。

王小甜只能给母亲大人打电话要钱，但又不能说自己为了泡男生而花钱，所以只能编理由了。王小甜在电话里做出无比扭怩的语气，说自己最近第二次青春期发育，吃得比较多，请母亲大人尽快打款，来补充救济。

"母亲大人，我可能真的要女大十八变了。"

"那么请问，你是要变成一头猪了吗？"王小甜的母亲又生硬地骂了一句你母亲的，然后给女儿汇了款。

王小甜有一种站在悬崖边上的感觉，往下看一眼，仿佛就能掉进黑洞里。

而张小瘦就是自己的黑洞。

3

重要的转机，出现在学校组织的运动会上。

由于班上的雌性动物在数量上实在堪忧，所以计算机专业两个班的 6 名女生全部都要成为巾帼枭雄，夺金印披铠甲，出征运动会。

大嗓门的王小甜被组织安排在了 800 米和 400 米接力两个项目上。

先进行的是 400 米接力，妹子们秉承的原则是只要不是最后一名就是阿弥陀佛菩萨保佑了。

结果，她们如愿跑到了倒数第一名，尽管王小甜使出了吃屎，不不不，是吃奶的劲儿。

吃奶的过程中，王小甜的眼睛还不时盯着张小瘦。

张小瘦作为体育部的一员，正在监督运动会的秩序。

只是，不管王小甜在跑步中步伐多么大，甩臂动作多么潇洒，张小瘦都跟没看见一样。

喂，一个大男人，总要有点怜香惜玉的姿态吧。

中午，王小甜一边恨恨地看着正在统计分数的张小瘦，一边吃了两份她最爱的鸡腿饭，打着饱嗝儿。

下午，当 800 米的号令枪响的时候，王小甜的双腿灌满了铅，而且肚子开始剧痛了起来。

现在她秉承的原则已经变为能走下来，那就绝对不跑下来。

王小甜的耳边响起了广播员的鼓劲加油声：

一个男生在煽情："那雪白的起跑线，凝聚了无数的辛酸与汗水；那 800 米的跑道对你来说是那么漫长，但你知道，你只有努力去拼搏，去战胜自己！"

一个女生在煽动："勇敢地冲吧，800 米算不得什么，付出的汗水就要得到回报，胜利的泪水就要顺颊而下，秋风会为你喝彩，阳光会为你庆功，掌声就要为你响起。"

王小甜不想要掌声，不想要加油，她只想能有一粒子弹，结束了自己痛苦的生命，她有一种在战场上英勇就义的冲动。

就在王小甜一步一回头两步一趔趄的纠结中，她突然看到高大无比的张小瘦的身体正在倾斜，那造型有点像比萨斜塔。

10 月的武汉烈日当头，张小瘦的影子缩成了一团，最后，影子和身体重合在了一起。

张小瘦晕倒了！

当时，王小甜和张小瘦的距离大概有 20 米。

王小甜仿佛感受到了神的旨意，迅速偏离了跑道，三步并作两步跑向了张小瘦，如果是这个速度参加运动会，王小甜一定能够拔得头筹。

不到 5 秒钟，王小甜就冲到了张小瘦的身边。

"喂，张小瘦同学？"没反应。

此时的张小瘦满脸惨白，还有一脑门子的汗。

"张小瘦，赶紧醒醒！"还是没反应。

此时的王小甜满脸惨白，还有一脑门子的汗。

"我擦，张小瘦，你再装死，我就亲你啦。"

你知道吗？王小甜这个"女畜生"，趁人之危，真的一嘴亲上了张小瘦的脸颊。

见张小瘦还是没有任何反应，王小甜把自己的嗓子喊破了——"救命啊！"

4

两个壮汉，还有王小甜，急匆匆地把张小瘦送到了校医院。

不耐烦的校医冲着几个人摆摆手，"没什么大问题，他只是烈日之下中了暑而已。"

"喂，医生，什么叫而已啊，您好好检查一下，他会不会有什么遗传病啊，还有白血病什么的。"

"喂，同学，你这是跟他有仇吗？"校医从眼神里射出了一串问号。

"啧啧啧，一个男孩子，说晕倒就晕倒，你这身子骨也太弱了。"王小甜在张小瘦醒来时，发出由衷的感慨。

"切。"

没想到此时张小瘦反问了王小甜："你刚才亲我了？"

"没啊，我是试了一下你的体温。"

"用嘴试的？"

"嗯，嘴巴是人体最敏感的器官。"说完这句话，王小甜脸红得跟高原红一样。

王小甜心里想，我还指望着你为我扛风挡雨呢，结果，你却身子骨却比林妹妹还要弱。

王小甜还无意间脑补了一下新婚之夜，张小瘦体力不支在床头唉声叹气的一幕。

什么乱七八糟的。

张小瘦中了一次暑，心里也种下了一颗种子。

其实，他早就察觉到这个胖胖的笨笨的姑娘对自己有意思了。

紧接着，两个人就经常并肩走在校园的小路上。

很多情侣都会问对方，喂，你对我最初的印象怎么样啊。

我也问了张小瘦这个问题。

张小瘦说：“嗯，没什么啊，我当时告诉自己，王小甜就是个女色狼啊。”

校园里有一个湖，里面种满了莲花，晚上经过的时候，点点萤火，飞来飞去。

“哇塞，那就是传说中的鬼火吗？”王小甜发出了由衷的赞叹。

“大姐，那是萤火虫。”

王小甜还真的是第一次见到萤火虫，“真的是太美了，好浪漫啊！”

到了晚上，张小瘦给王小甜打电话：“赶紧下来，有礼物送给你，你肯定会惊喜的。"

听到"礼物"两个字，王小甜以为是她最爱的鸡腿，连睡衣都来不及换，就跑到了楼下。

见到张小瘦手里的矿泉水瓶的那一刻，王小甜以为自己看到了整片星空。

十几只萤火虫在矿泉水瓶里，爬来爬去，闪着光。

张小瘦还在瓶身上扎了一个个的小孔，防止那些萤火虫窒息而死。

正当王小甜感叹张小瘦为自己摘下了整片星空之时，张小瘦在王小甜的面前唱了一首歌：

> 黑黑的天空低垂，
>
> 亮亮的繁星相随，
>
> 虫儿飞，虫儿飞。
>
> 你在思念谁？
>
> 天上的星星流泪，
>
> 地上的玫瑰枯萎，
>
> 冷风吹，冷风吹，
>
> 只要有你陪。

老话说得好哇，王八看绿豆，真的看对眼了。

这是王小甜最爱的一部电影里面的歌。

那部电影叫《风云——雄霸天下》，那时候的郑伊健还是小鲜肉一枚。

聂风和孔慈去闯剑冢，缓缓地飞过悬崖，四周萦绕着萤火虫发出的光，放出的音乐便是这首《虫儿飞》。

后来，孔慈被雄霸打死，剑冢也不再是以前的模样。

坐在剑冢高台上的只有一个人，这时候，郑伊健清唱的《虫儿飞》唱响了。

那是王小甜记忆里最美的一瞬间，简直就是帅呆了酷毙了直接就无法比喻了。

可是第二天一大早，王小甜发现，那些萤火虫全都翻了肚子。

她想到自己小时候把那只龙虾调戏死了的往事，又是一声长叹。

是啊，我们的人生不就是一次次欢喜、一次次憧憬、一次次畅谈、一次次无奈所组成的吗？

寝室的姐妹们又在开卧谈会。

其中一个姐妹提议耍耍张小瘦，也当成对他的考验嘛。

那个姐妹抄起电话就打给了张小瘦："张小瘦，不好啦，王小甜从上铺掉下来了，脑壳摔到了地上，流了很多血，被120拉到市里的医院了。"

"我靠！"张小瘦都没听完，就往宿舍外面跑。

一边跑，一边拨了王小甜的手机。

无人接听。

王小甜看着手机上的来电显示，心想，我总得装得像一些嘛。

因为学校地处郊区，再加上已经是晚上十一点了，张小瘦出了校门，就没有看到过一辆车。

而且走得急，张小瘦发现自己居然穿着一双压根不跟脚的拖鞋。

张小瘦沿着那条去往市中心的路，一直跑，一直跑。

直到已经进入梦乡中的王小甜再次接到了张小瘦的电话。

王小甜慌了，张小瘦不会真的跑出去了吧？

"你在哪个医院啊？"

"我、我、我们刚才要你的…"

"王小甜，我操你妈！"这是张小瘦第一次骂这么脏的话，紧接着，张小瘦就挂了电话。

王小甜瞬间睡意全无。

她回拨过去，结果，张小瘦也不接了。

王小甜一晚上都没有睡踏实。

为这事，张小瘦整整一个周没有理王小甜。

吃饭，可以面对面坐着，上课，可以是同桌，可就是不说话。

5

大三那年，王小甜和张小瘦跨出了重要一步，他们在学校附近租了一套房子。

由于房租是押一付三，所以两个人瞬间就囊中羞涩了。

一天中午，到了饭点了，王小甜问张小瘦："那个，那个，你那里还有多少钱？"

张小瘦说："好像没多少了。"

"没多少是多少啊？"

张小瘦翻起了口袋，书包，最后，找出了两块钱的钢镚。

攥着两个钢镚，张小瘦一声不吭地出了门。

没一会，他回到家里，手里拎着一个煎饼果子。

"快吃吧，别饿坏了，你饿坏了就更笨了。"

"切。"王小甜一边吃，一边问张小瘦："你吃了吗？"

"嗯，在路上已经吃完了。"

王小甜几口吃完煎饼果子之后，好像突然明白过来了，2块钱只能买一个煎饼果子，张小瘦不可能吃过了。

王小甜两只眼睛瞪着张小瘦，看着他越来越尖的下巴，哇一声哭了。

那一声哭，发挥了王小甜大嗓门的优势，惊天动地，张小瘦感觉到出租屋里的床都在颤。

张小瘦吓了一大跳，以为发生了什么，从王小甜支支吾吾的哭声中，才听出了她的担心。

"你不会饿死吧？"

"放心啦，我妈下午就打钱过来。我一顿不吃饿不死的。"

王小甜讲这段故事给我听的时候，加了一句生动无比的注脚："小新哥，那时候我们真的穷得像孙子，却快乐得像爷呀。"

我说："嗯，全世界，就你最爷们了。"

笨笨的王小甜总是喜欢在张小瘦面前体现自己的智商优势。

有一天，张小瘦回到家，看到王小甜躺在沙发前面，披头散发的。

完全是一个犯罪后的现场。

张小瘦心里一惊，转念一想，便把手伸向了王小甜的痒痒肉，结果，王小甜果然破了功，哈哈大笑。

"真是够无聊的！"张小瘦丢下这句话，钻进了厨房。

后来，王小甜依然玩过几次类似的游戏，有一次为了够逼真，居然在自己的嘴边涂上了番茄酱。

听到张小瘦拿出钥匙开门，马上躺在了门的旁边。

无情的张小瘦看到了此情此景，居然不为所动，像是怕脏了自己的脚，从王小甜的身上迈了过去。

王小甜憋了一肚子的气，继续装死。

张小瘦给自己倒了一杯水，喝完之后，走过来，低下头，居然吻了上去。

王小甜绷住自己的嘴巴。

可是，张小瘦这个流氓，居然想用舌头叩开王小甜的嘴巴。

而王小甜也果然没有经受住诱惑，迎接了上去。

该死的张小瘦马上停止了探索，收手了。

他站了起来，说了句伤透人心的话："下次可以换个别的品牌的番茄酱，这个味道一般。"

临近毕业，张小瘦约王小甜坐了一个小时的公交车，到了长江的一个支流，也不知道具体叫什么河。

张小瘦说："我们要在这片神奇的土地上留下一点印记。"

王小甜自然是夫唱妇随了。

可是留下点什么印记呢，寻思了半天，两个人从兜里掏出来一块钱的硬币，先是用塑料袋包住，外面又裹了一层报纸，又是塑料袋，又是一层报纸。

之后，他们挑了一棵歪脖树，用树杈在下面挖了一个好深好深的洞，埋下了那个硬币。

"我们结婚十周年，要回来看看，把硬币挖出来。"张小瘦握着王小甜的手。

"不会生出来一堆硬币吧？"王小甜的眼睛里泛着光。

"硬币又不是你"，张小瘦说完之后，就有点害羞，本来想说的是"硬币又不是人"。

果然，王小甜意识到了话里面的深意："你说什么啊，你讨厌恶心，呸。"

"王小甜，我要跟你结婚。"

"你讨厌恶心，呸。"

"咋啦，你不愿意？那算了。"

"不不不，我愿意，我愿意。"

6

可惜，张小瘦还没有等到他们结婚，就病倒了。

拿到诊断书的那一刻，王小甜怒了。

"张小瘦，你这个骗子，上大学开运动会，你就晕倒，现在，我本以为你能娶我，结果，你病倒了。你打什么飞机啊，不是，是你搞什么飞机啊？"

张小瘦拍了拍王小甜的头，"甜甜，我可能陪不了你一辈子了。"

这是张小瘦第一次叫她"甜甜"。

这是张小瘦第一次拍她的头。

这是王小甜第一次感觉到彻骨的痛。

王小甜的泪唰一下涌出了泪腺，大嗓门的王小甜在病房的一角静悄悄地哭。

王小甜说："张小瘦，我不管，我得嫁给你。"

张小瘦说："王小甜，你能不能理智一点？我是肺癌，而且已经扩散了，最多半年，最多我还能活半年，你懂我的意思吗？"

王小甜说："从小时候上幼儿园老师就说我笨说我看不懂题目听不懂课，我也不懂你的意思，反正你得娶我，我得嫁给你。"

王小甜决定尽快举行他们的婚礼。

她先是打电话给她的妈妈，简单汇报了一下情况。王小甜的妈妈沉默了半天，说："我姑娘笨是笨了点，但眼光从来没有差过。"

王小甜说："妈，我爱你，我以为得做您的思想工作呢，谢谢您。"

"谢啥啊，赶紧登记，咱们不干违法的事。"

一周之后，王小甜和张小瘦在民政局成功登记，照了结婚照。

王小甜又找了一家婚庆公司，开始联系婚宴的酒店，发请柬，买喜糖。

之后，就有了王小甜在我的微信公众号里的那条留言：

"小新哥，你好，我是你绝逼忠实的听众。我有文字障碍，写不了很长的东西，你可以见我一面，我要讲我和他的故事给你听。我想，您一定会给我们主持婚礼的。"

最后是王小甜的手机号。

当我拨通了那个手机号的时候，一声炸雷在我的耳边响起来了。

"你真的是小新哥吗？你愿意主持我的婚礼吗？"

"稍等稍等，我还没答应，你不是要给我讲故事吗？"

我见到王小甜的时候，她挂着两个大大的黑眼圈。

我们俩要了一份红豆冰沙，一勺一勺挖着吃。

"小新哥，我只能给你四十分钟听我讲故事，因为我一会还得回医院。"

我几乎自己吃完了一份红豆冰沙，因为对面的笨姑娘，一会哭一会笑，一会哭着笑，一会笑着哭。

王小甜跟我说："小新哥，对的人不用感觉，他是真实存在的，他就站在你对面，你在看他，他也正好在对你微笑。"

我说："我可不懂爱情，要不，我早结婚了。"

王小甜说："小新哥，你可是我们心目中的情圣啊。"

我说："王小甜，你和张小瘦才是情圣呢，你俩是情圣遇见了情圣。"

7

我承认，我是个挺矫情的主持人。

比如，每一场婚礼，我总是会不自觉地煽情，有些人很喜欢这个感觉，有些人也讨厌这个感觉。有人很直白地问过我："小新哥，结婚是个高兴的事，你干吗把大家弄哭？"

我依然我行我素，人总是要有些坚持精神的嘛。

可是，张小瘦和王小甜的婚礼现场，我没有一个字是煽情的。

我希望调动起我全身的喜剧细胞，走一次贱贱哒萌萌哒的宋小宝路线。

我讲到有一次张小瘦和王小甜约会，后来两个人也不知道为什么就走散了，张小瘦问王小甜，你赶紧告诉我，你现在在哪里。王小甜说我如果知道我在哪里就不用问你了。张小瘦说那你说你旁边的标志性建筑，或者我能找到你的东西。王小甜说，嗯，我头顶有一朵很白很白的云彩。

我讲到王小甜自从进入青春期之后就经常性摔倒，有一段时间，她都误以为自己的小脑是不是出什么问题了。后来，经过多次实践，在又一次摔了个狗吃屎之后，王小甜才弄明白自己摔倒的原因，胸部太大，难免重心不稳。

我讲到王小甜和张小瘦都喜欢看一部神剧《新白娘子传奇》，一次两个人倚在沙发上正看到许仙和白素贞要分别，王小甜扭过头，泪眼婆娑地问张小瘦："我倒不怕许仙发现白素贞是蛇精，我最怕的是白素贞发现许仙是个女的，呜呜呜……"

奇怪啊，台下的男男女女们，都没有笑。

他们只是盯着舞台上的这一对，张小瘦和王小甜——更瘦的张小瘦和瘦了一大圈的王小甜。

王小甜拿着话筒说："一会欢迎大家到我们的婚房参观，我们的婚房在市立医院408，要带礼物呀。"

有人开始抹眼泪了。

张小瘦说："以后可能还得拜托大家帮我来照顾这个笨姑娘，谢谢大家了。"

之后，张小瘦鞠了一个躬。

我呆呆地站在台上，有一分钟的时间，没有组织好完整的一句话。

也许，那是我主持的最烂的一场婚礼了。

也许，我辜负了我绝逼忠实的听友王小甜的信任了。

但是，王小甜对我说："小新哥，谢谢你主持了我们的婚礼，你棒极了。"

再多的爱，也没有留住张小瘦。

他们婚后三个月不到，张小瘦在病房里停止了呼吸。

张小瘦走之前，王小甜一直给他唱那首《虫儿飞》。

> 黑黑的天空低垂，
>
> 亮亮的繁星相随，
>
> 虫儿飞，虫儿飞，
>
> 你在思念谁？
>
> 天上的星星流泪，
>
> 地上的玫瑰枯萎，
>
> 冷风吹，冷风吹，
>
> 只要有你陪。

泪腺无比发达的王小甜，一直没有哭。

她觉得张小瘦应该是去出差了，去一个很远很远的地方，总有一天，两个人会再次相见，握手，亲吻。

微信的朋友圈里，王小甜发了一张张小瘦的照片，配的文字是："张小瘦，你好像瘦了。"

我不知道该回复什么。

有文字障碍的王小甜做了一个伟大的决定，她决定给张小瘦写一封情书，而且要每年一封。

王小甜专门去超市买了带有卡通图案的信纸，一笔一画无比工整地写：

张小瘦，日子依旧不紧不慢地过着。

你离开以后我还在原地等你，还坚信我们会在一起，还是会每天忍不住的想念，想念你说我笨，说我是路痴，想念那些一起去过的地方，一起吃过的鸡腿饭。

请原谅我在你最需要安慰的时候不在你身边，请原谅我没有做到一直陪伴你左右。

我在想你的时候，戴着耳机听《虫儿飞》，放声大哭。

我不想在夜里醒来抱着自己痛哭。

我没那么坚强，我们真的要隔着人海相濡以沫吗？

还有，我肚子里还有我们的小宝宝。你会很开心吧？

张小瘦，我好想你。

谁的等待，恰逢花开。

谁的守候，没有盼头。

有人说，没有忘不掉的过去，只有你不想要的未来，可是总有一个时刻，你压根就不想再要未来了。

因为你心里的那个人，是此生遇见的最美丽的风景。

有些日子之所以称之为最好的时光，是因为它们留在了过去。

第四夜

人山人海里，我依然在等你

爱情，是一个梦，

每个人都有属于自己的梦。

梦醒时就是婚姻，

愿你拥有属于自己的梦醒时分。

好姑娘，我不许你再哭了

平安夜，涛子打电话约佳佳喝茶。

神经大条的佳佳是我们电台的一个娱乐主持人，主持笑话类节目，是个活宝，她的节目宗旨是娱乐别人也娱乐自己。

电话那头的佳佳揶揄地说："我正在跟我闺密吃饭呢。涛哥，您老人家不会又落单了吧，七点半了给我打电话约会，不诚恳啊，我这大小也是电台一枝花啊。"

"反正一个人也是请，两人也是吃，吃完饭就一起喝茶呗。"

"呦嗬，也巧了，你俩都是卖房子的。行，我们吃完去找你啊，老地方呗。"

倩倩和佳佳不算传统意义上的闺密，两个人认识的时间才短短半年，但投缘这件事从来跟时间长短都没关系。

两个人年纪一样大，都是四年前从大学毕业，不过性格上相差甚远，简直就是一个在天上神游一个在深海沉潜。

相比之下，倩倩内敛得多。她跟其他的房产销售人员不同，她不会用夸张的词句，不会用强迫的语气，她的脸上一直都挂着浅浅的笑，有点像我们从小就信任的隔壁邻居家里的小姐姐。

但就是凭着独一套的内敛销售法，倩倩的业绩也是名列前茅。

两个人是在一个楼盘的开盘仪式上认识的，佳佳和我是开发商请来的主持人，倩倩负责跟我俩对接。

性格腼腆的倩倩的笑点尤其低，这是一个巨大的优点，满足了佳佳作为一个笑话类节目主持人的所有虚荣心。

刚认识那会儿，只要两个人见了面，哪怕佳佳说一句简单的"好久不见"，倩倩也要笑半天。

害得佳佳反复照镜子，"出什么问题了？我的牙齿上有菜叶吗？还是我穿反了衣服？还是……"

倩倩继续笑，仿佛杵在她对面的是宋小宝或者周星驰。

佳佳挤出了一句："难不成我真的是个笑话吗？"

倩倩更是笑得弯下了腰，"不不不，我的错我的错。"

佳佳给倩倩介绍："这是兰地集团 J 城的销售总监涛哥，当然，也是我异父异母的亲哥哥。"

"我听说过李总的光辉伟业，您可是我们行内学习的楷模啊。"

倩倩一笑，涛子觉得春天来了。

涛子相信倩倩说的话。

因为在业内，涛子的确是有影响力的，他从业九年来，积累了不少相当成功的营销案例，有些甚至被写进了教材。

倩倩很瘦，穿着棉麻材质的长裙，嘴巴旁边有一颗浅浅的痣。

涛子记得相书上的一句话："嘴唇痣惹桃花，人中痣伤子女。"但涛子不信那一套。

"叫什么李总，叫涛哥就行。"佳佳拉着倩倩入座。

"对啊，跟佳佳一样，就叫我涛哥就行。"

佳佳比涛哥小 5 岁，从小就是邻居，都是从小镇来到了 J 城，从此在这里扎根。

男大十八变啊，涛哥现在很显然是型男一枚，1 米 78 的标准身材，戴着一副黑框眼镜，他的衬衣是意大利衬衫的顶尖品牌先驰。

一开始，佳佳不认识这个牌子，更看不出那几件衬衣的好。

在涛子的点拨之下，她才知道那些衬衣的领子和袖子都是双线的，完全不需要上浆也能永远保持直挺挺的。

矫情呗，佳佳仿若有一面照妖镜，涛子过去的一切在这面镜子前，都会现形。

佳佳忘不了小时候追在涛哥身后，涛哥都多大的人了，还总是挂着两筒鼻涕。

楼上的张婶就给涛哥取了个绰号"二筒"，涛哥恨得往张婶家的锁眼里塞火柴棍儿，最后的结果就是张婶主动给涛哥道歉投降。

那会儿，佳佳就认定了涛哥是个不好惹的主。

想到这里，佳佳咧嘴笑了。

"小家伙想什么呢？"涛哥眼睛一瞪，他小时候就有这样的习惯性动作，瞪着眼睛，感觉眼睛里全是问号。

这时候，佳佳靠在倩倩的肩膀上，说了句悄悄话。

倩倩笑喷了。

涛子再次瞪大了眼睛："说什么悄悄话呢？"

"佳佳说你小时候的绰号叫二筒……哈……"

"靠，佳佳这小家伙学会吃里扒外了。主持人的嘴巴啊，不靠谱不靠谱。"涛子略显尴尬，他之前完全不介意佳佳讲这个绰号，可是今天不知道为什么自己会害羞。

"涛哥，我是城大管理学院的。"倩倩看着涛子笑。

"城大管理学院的？哦，那太有缘了，我去做过活动的。"

"我知道的。"倩倩当然知道，当时涛子被聘为城大管理学院的客座教授，那是她第一次见到涛子。

涛子从专业课老师课件里的一个传奇人物，就如此生动地走进了倩倩的生活里。

涛子是非常明显的狮子座性格，有王者风范，说话不喜欢拐弯抹角，也风趣幽默，台下的女孩子们笑得花枝乱颤。

看到台上侃侃而谈的男主角，有一颗种子，被种到了倩倩的心里。

茶馆的一角，是一架老式的钢琴，这倒是一个有点混搭的组合。

钢琴一角的漆掉得有些斑驳，可是却有老物件所散发的时间的味道，仿佛是一位老人家，垂垂老矣，却满身的故事。

佳佳碰了碰倩倩的胳膊，"倩美人，给涛哥展示一下你的绝技哈。"

倩倩徐徐迈着步子，走到钢琴旁边，居然是涛子熟悉的旋律——*My Prayer*。

涛子清晰地记得那是他在 2001 年买的一张专辑 *Image Of Devotion*，专辑里他最爱的就是这首 *My Prayer*。

在轻轻的钢琴声的伴奏下，男子向上帝祈祷请上帝帮自己照顾好天堂里的女朋友。

教堂里，一个面容清瘦的男子双手合十，闭着眼睛，默默地向上帝祈求。

哀而不伤。

强忍着泪水的那一刻，最是心痛。

涛子没想到，眼前的倩倩居然在弹这首熟悉的曲子，行云流水。

那晚到底聊了些什么，也许没人记得。

只有一壶茶，喝到了比白开水还白。

两女一男，直到凌晨五点钟，还是没有人主动说要离开。

涛子想到第二天一早九点钟还有一场很重要的会议，便提议改天再约。

开车回家的路上，涛子感觉头有点晕。

他一向不是熬夜的高手，上大学的时候几乎人人都尝试过通宵自习，可是他却没有，但最终他的专业课成绩却遥遥领先。

涛子刚把车停到了车库，就收到一条短信。

"涛哥，特别开心认识您。其实去年我在一个项目的说明会上还见过您，但生性腼腆，没敢上前打扰。"

"我喜欢你。"打出这四个字的那一刻，涛子一点都没犹豫。

在涛子的概念里，单刀直入是最有效的方法，就像经常会有人问："我一直在暗恋一个姑娘，到底该咋办啊？不敢跟她表白啊。"

去你的，吃了这么多年白菜，你居然不会拱白菜？

追啊。

"我怕被拒绝。"

怕个 P 啊。

多简单的道理，追，有可能被拒绝也可能成功，不追，那么可能就一辈子都得不到。

你还在这里磨磨蹭蹭，等着你的好白菜被二师兄拱了，你就真的追悔莫及啦。

做销售也是如此，最有效的策略就是简单直接的单刀直入，不浪费别人时间也不浪费自己的时间，而且能在最短时间内让对方感知到所有的有效信息。

"我也是。"这是倩倩的信息，就好比婚礼上的那一句"yes, I do"。

没过五秒钟，涛子回了一句："来我家吧，我做早餐给你吃。"

"你方便吗？"

"过来吃面条吧，我做的鸡蛋大虾面极其鲜美。"

"真的吗，涛哥？我这么荣幸？"

这次没有收到信息，而是涛子直接把电话打过来了，"一会儿我把地址发给你，你打车过来吧。这个点小区的早市已经开张了，我先去买点新鲜的虾吧……"

涛子想好好露一手。

从根本上说，涛子在厨艺方面并不精进，但是偏偏打卤的鸡蛋大虾面做得地道极了。给自己心爱的女人做一次面，想想就浪漫。

心爱的女人？想到这里，涛子摇摇头，这八字还没有一撇呢。

倩倩按照涛子微信上的地址赶到楼下，却打不通涛子的电话。

连着打了三次，还是无人接听。睡着了？倩倩苦笑着耸了一下肩膀，难道自己想多了？只是开玩笑吗？

倩倩默默跟自己说，再打最后一次。

这次电话里是很嘈杂的声音："出事啦！被撞啦！"

倩倩一阵眩晕。

再见到涛子的时候，是在医院里。

涛子眉头紧锁，像在思考什么困难的营销案例。

头发全剃光了，还留着因剃头太快而留下的血印子，还没结痂，身上都是管子，呼吸很困难，呼哧呼哧的。

倩倩看到了满脸阴沉的佳佳。

两个人四目相对，佳佳快步走过来，把倩倩拉出病房。

"我看了你们的短信，你他妈的干吗要吃虾啊？"

佳佳向来快言快语，可是第一次用这样的话来对待倩倩。

倩倩看了一眼佳佳，无言以对，就像被困在迷宫里一直走不出来的梦。

涛子在买虾的路上，被一个宿醉的酒驾司机撞了，刚好磕到了后脑勺，严重的颅内出血颅底骨折。

医生的建议是马上做开颅手术："情况如果不乐观，可能会成为植物人，我是说可能。"医生说完这句话，扫了一圈所有他面前的人。

涛子的父母都在，佳佳也在，倩倩不知道要说什么，也不知道能说什么。

既然上天给了一个特别好的开始，为什么不能许他们一个好的结局？

也许涛子永远都不会知道，倩倩从很早之前就在一个角落里观察过他。

也许涛子永远都不会知道，当倩倩知道佳佳是涛子的小妹妹那一刻的欢愉。

你说的话总是那么好听，你唱歌的样子总是那么深情，你看书的侧脸总是那么让人着迷。

我故意和你旁边的人说话，希望你能注意到我。

我装作不经意从你身边经过，偷瞄你在做什么。

我徘徊在你的必经之路，只是期盼你经过时对我打个招呼："嗨，好巧！"

我们都曾经小心翼翼地喜欢过一个人，害怕你发现，又难过你没发现。

我喜欢你，周围的人谈论你时我不敢插嘴，低头做着自己的事情，可是耳朵高高竖起，唯恐错过一点你的消息。

"涛子，你一定要醒过来啊。如果醒不来，我照顾你。"

想到这里，倩倩的脑海中浮现出一个场景：虚胖的涛子躺在病床上，没有了任何知觉，倩倩在一边握着他的手。

倩倩多想说一句"我愿意"。

只是，他们之间，缺少一个完整的吻。

有很多人问我最终涛子康复了没有，两个人有没有在一起？

结果，真的重要吗？

有时会有一些陌生人闯进我们的生活里。

曾经有一个年轻的歌手烟瘾很大，某一次他在走廊里抽烟，结果巨星张国荣走过来，拍拍他的肩膀跟他说："喂，你声音这么好，还是少抽点烟吧，对嗓子不好。"

那个年轻人感动到觉得极其不真实，甚至不知道该怎么回答。

有多少人会很诚恳地站在你的角度为你着想呢？大家都不过是泛泛之交，甚至你都不知道哪一天这种脆弱的关系，会降低到冰点。

但，年轻人真的戒烟了，直到成为后来的天王。

他是陈奕迅。

后来的采访中，陈奕迅一直说很后悔当年没有回答张国荣，如果现在有机会，很想跟他讲一句："哥哥，你身体好吗？"

作为感激，陈奕迅在演唱会上经常翻唱哥哥张国荣的歌。

你看，不管是友情还是爱情，总有一个人给你一段不知所起的情，一往而情深。

有人说，这叫宿命。

涛子和倩倩也许是彼此的宿命。

我们都无比期望能把自己的生活过成一出喜剧，可是过着过着，就唏嘘不已，甚至仰天长哭。

可是你知道吗，爱笑的人运气都不会太差，书上都这么写过。

就在上个月，倩倩和涛子举行了婚礼。

佳佳和我是主持人。

倩倩一直笑着，宾客们都在夸新娘真是个爱笑的漂亮姑娘啊，可是谁也不知道在过去的两年间，这个爱笑的姑娘流了多少泪。

某一天午夜，在跟佳佳深聊了两个小时之后，佳佳答应做倩倩的说客，说服涛子的父母，让倩倩来照顾涛子。那会儿，倩倩根本就是这个家庭里的外人。

某一天凌晨，涛子睁开了双眼，瞪大了眼睛，眼睛里全是问号，没有人知道他在想什么。他想转动自己的头，可是无济于事，他只能再一次闭上眼睛。

某一天下午，涛子认出了倩倩，并且叫出了倩倩的名字。在这之前，倩倩从来没有哭过，掐了自己胳膊无数次确认车祸不是一个噩梦而是现实的时候她没哭，佳佳骂她扫把星她没哭，她觉得自己压力太大不知道还能不能等到涛子醒来的时候她没哭，那一声"倩倩"，她哭了。

某一天上午，涛子终于可以出院了，在路上，涛子貌似很轻巧地说了一句"我们结婚吧"，倩倩把头埋在胳膊里，涛子怎么安慰也没止住，倩倩觉得自己哭到了天昏地暗……

可是，天昏地暗，终于换来了海枯石烂。

婚礼上，倩倩和涛子交换结婚信物。

涛子单膝下跪，给倩倩套上指环，对她说："倩倩，以后的人生路上，我不许你再哭了，我要让你每天都笑……"

倩倩露出了标准的8颗牙齿的微笑，可是笑着笑着，忍不住泪流满面。

倩倩说，我不觉得自己是个多么坚强的人，只是在那个关键的时间节点上，除了坚强，我别无选择。

我要等到涛子醒来的那一刻，我要等涛子给我一个完整的吻。

四季流转，春暖花开。

我们不可抗拒地从孩子长成了大人。

也许你有一定要实现的未来蓝图，也许你喜欢自己天性里面的随遇而安，也许连你自己都认为这辈子注定随波逐流。

但是，每天发生的事情，总不会完全依照我们的计划按部就班。

我很喜欢一句话："生活比戏剧更具有戏剧性。"

如果你纠结一件事情，苦心为它设计了一百种过程和结果，生活很可能给予的是你绞尽脑汁也想不到的第一百零一种，巧妙地让你尝尽酸甜苦辣。

我一直在心里无数次对自己说，不管绕多大一圈，兜兜转转，会在一起的人终会在一起。

爱情，是一个梦。

每个人都有属于自己的梦。

梦醒时就是婚姻。

愿你拥有属于自己的梦醒时分。

扫码即听

《好姑娘，我不许你再哭了》

越过山丘，也无人等候

老乡聚会里，有人举着酒杯，"小新，看看你的生活，五颜六色的，再看看我们，很平淡，女的胸平，男的蛋疼。"

说话的人，是牛爷。

牛爷其实比我小半个月，跟我一样，都是小镇上长起来的少年，只是双眼如牛眼，上学的时候又牛脾气爆发，上堂课跟女老师吵架下堂课跟男老师干架，高中毕业后去了一家技校学了电气焊，目前是一家工厂的焊工。

可是工厂的效益又不好，濒临倒闭。

牛爷早就牛不起来了，就希望 7 岁的儿子早点结婚生子他能真的当上爷。

其实每个人的生活都大抵相同，时而骄阳似火，时而寒风猎猎，冷暖自知。

只是，"五颜六色"，是个什么颜色？

我说了一句我前两本书里都提到过的一句话："每个平淡流年的背后，都有心痛往事。"

这么一句"湿意朦胧"的话，说在老乡聚会的场合，实在是有点不合时宜。

有鼓掌的，有掩着嘴笑的，还有若有所思的："才子就是不一样啊，都有都有，心痛心痛。"

席间，互相敬酒。

我向来不喜寒暄，所以，只顾低头吃菜，偶尔看一下朋友圈，虽然这很欠揍。

但几个相熟的老乡倒也习惯了我这种大爷做派。

大飞走了过来，"兄弟，敬你个酒吧。小新，你的电话没变吧？"

我的老乡里，大飞是男神一样的存在。

1 米 82 的身高，细皮嫩肉，韩国欧巴一般的单眼皮，关键，还是个学霸。

当年，大飞以 710 分的高分考上了北京的名牌高校，毕业后进了国企工作，娶了个家境甚好的姑娘结婚，三年间生了一儿一女。

觉得不是一路人的，就会自然站队和分队。

我人生中波折不少，反而不太擅长跟人生特别顺遂的人把酒言欢。所以，一度我跟这位学霸先生是浅尝辄止的交流。

酒后，收到大飞的留言："小新，我知道你是个写故事的人，我想把我的故事告诉你。"

这就好比一只威武的老虎，蹲在你面前，把屁股凑过来，说："喂，摸摸我的屁股，我愿意哦。"

受宠若惊嘛。

你是王菲，我也不是窦唯嘛。

1

还是从我的高中说起吧。

高中生就是大人了，起码我自己这么觉得。

一夜之间，几乎所有的男生都有了自己明恋暗恋的对象，并且敢在死党面前讨论自己心仪的女生：是不是写过情书牵过手了？是不是下了晚自习两个人大着胆子钻进公园搂搂抱抱了？是不是也尝试过窒息一样的湿吻了？

班里有个文娱委员小美，女生，她是我严格意义上的初恋。

那会儿还不是周杰伦最好的时光，也不是凤凰传奇的时代，大街小巷荡漾在张宇"我承认都是月亮惹的祸，那样的月色太美你太温柔"和张震岳"如果说你要离开我，请诚实点来告诉我"的歌声里。

我整个人被荷尔蒙刺激得蠢蠢欲动，心里的小兽狂躁地转着圈儿，要挣脱拴着它的链子。

每天一早，班里要集体唱一首歌。

小美作为文娱委员，要到讲台前头领唱。

可是，她起头唱的，却总是毫无风情的《真心英雄》或者《大海》，甚至唱起了成龙的《醉拳》。

"大美人，耍起了醉拳，这不科学啊。"

我故意在下头捣乱，有一声没一声地唱和着。因为我的学习成绩一直在班里称霸，所以不管老师还是同学，似乎都容忍了我的接话茬儿。

"再说了，耍醉拳，也没酒啊。"

同学们哄堂大笑。

就在小美下台回座位的时候，冲着我眼睛一瞪，一只手拧过来，在我胳膊上掐一把，扭着屁股就过去了。

当时班里的女孩子们几乎是无师自通，而且都是同一个门派，学会的招数就是一掐、二哭、三告、掐大腿、伏案痛哭、怒告老师。

同桌基友凑过头来嘿嘿浪笑："你们奸夫淫妇注意点素质哈。"

"去你的，我们分明是妇唱夫随。"

我也不知道自己当年吃错了什么药，为什么就这么贫，后来通过宋丹丹老师的小品终于搞清楚了，原来是出门忘吃药了。

有一次，下了数学课之后，小美扭着屁股走过来问我数学怎样才能考到148分。

因为就在刚刚老师上课的时候，念到了成绩单，我考了148，全年级最高分。

那时的我开启学霸模式已经好几年了，我45度角斜看着天花板上有气无力吱呀吱呀转的风扇，装逼半晌，淡淡一笑："少写一道填空题就行了。"

她想了半天，琢磨过来，又是一把掐过来，"你这烂人，就是不会好好说话。"

又一次，小美扭着屁股离开了。

同桌基友又一次凑过头来嘿嘿浪笑："你们妇唱夫随也注意点场合好吧，伦家都寂寞了。"

我鄙视地看了他一眼："以后早饭不许吃葱。"

"哦……"同桌基友顿时泄了气。

还有一次是上体育课，很多同学都不想在操场待着，有的回到教室里头继续看书，有的干脆就在校园里找个角落晒个日光浴，还有的偷偷跑到角落进行科学探讨，他们研讨的主要方向是自己身体的某些变化以及看到惊人变化之后的心得，还有或大或小的心理落差。

我瞅准小美要回教室迈出去的腿，也跟着回了教室。

说笑打闹中，突然她一把掐住了我的胳膊，我鬼使神差，也一把拧住她胳膊。

她条件反射地把胳膊一夹，我的手，就蹭到了她身上最柔软的地方。

那一刹那，我感觉时间都静止了。

我双手保证，当时我绝对没流鼻血，因为我身上的全部血液唰一下都涌到了下半身。

后来，两个人说了什么，如何收场，都成了问号。

我只记得抑制不住的心怦怦跳，感觉整个世界都镶上了一圈金色的边儿。

我想，我喜欢上这个会扭屁股的丫头了。

2

高中毕业，我考上了大学，帝都里最好的大学。

小美却因成绩不理想而选择复读。

青春就是这样，我们总觉得分别是天大的事。

后来，有人信誓旦旦地告诉我们，分别其实没那么可怕。但，总有一些人，从那个暑假之后，连个招呼都没打，就从我们的生命里隐匿了。

最残酷的告别方式，就是不辞而别。

暑假，全班同学聚会，吃了散伙饭，喝了散伙酒。

我喝多了，吐得哇哇的，醉眼蒙眬地跟同学合影留念。

照片里，小美站我前面。

我在她的头顶，摆了个兔子耳朵的造型。

西下的夕阳，光洒在身上，每一个人的脸上都挂着笑，尽管有人对未来憧憬，有人对现在忧愁，有人对生活毫无展望。

直到现在，我换过五六个钱包，可是这张合影却一直被我放在钱包的夹层里。

有人笑我怎么对一张高中照片如此珍爱，他们都不知道，其实，照片里的45张笑脸里，我只能看到小美。

聚会结束后，我和小美一起骑车去了公园。

我算是"酒后驾驶"，中间差点就跟一辆大货车来了一次亲密接触。

"小兔崽子，活得不耐烦了……"大货车司机甩出了一句"亲切"的问候。

"老兔崽子，开得不耐烦了……"我也回了他一句"亲切"的问候，我就是这样相敬如宾的人。

公园里，我跟她并肩坐着聊天，说的什么已然记不清了。

后来都沉默。

夜上浓妆，月亮斜挂在半空。

我脑袋一蒙，说了句："我喜欢你。"

小美扭过头来看我，我凑上去，吻住了她。

大脑轰的一下停止思考，只有那首"我承认都是月亮惹的祸，那样的月色太美你太温柔"不停地滚动回放。

我们都闭着眼睛，周围静悄悄的。

"你把我嘴咬破了。"她把头靠在我肩上，手不由自主地掐了我一下。

"月色太美你太温柔，不怪我，不怪我，都是月亮惹的祸。"我一边贫，一边呲摸了一下嘴，咸的，我的嘴唇好像也破了。

真是可爱，那会儿连接吻都接得如此笨拙和用力。

回去的路上，我和小美并排骑着车，手拉着手，抱歉，又是一个"驾驶"陋习。

我大叫着："我们要飞起来了，我们要双飞了……"

我说到了大学后我会天天给你写信，小美说我会好好学习，争取考到北京，我们一起继续往前双飞。

我们的声音如此嘹亮，后来，我才弄明白"双飞"的另一重深刻含义。

那时的我们，天真烂漫地认为，只要两个人在一起，就征服了全世界。

那时的我们，自以为是地宣告，只要两个人在一起，就是全世界。

两个月后，我到学校准时报到。

这是在五年前打死我也不敢奢望能考上的大学，学的还是最热门的专业。

恨不能像小美一样扭着屁股走路，天之骄子哟，自信满满且姿态傲娇。

走在街上，仿佛能感觉到路人那羡慕嫉妒恨的小眼神，恨不能把校徽随时挂在身上供人瞻仰。

大学生活是新奇的，也是自由的，尤其对于我这种高中只知埋头苦读应试教育出来的小镇少年而言。

有大把的时间可以挥霍，可以做自己想做的几乎任何事情。

逃课，抽烟，通宵喝酒，通宵打牌……所有高中时候没干过的事情，在大学里都是再正常不过的。

就像是逃离笼子的那只飞鸟，终于扇动翅膀又回到了天空。

没有了束缚，没有了说教，有的是狐朋狗友吆三喝四胡吃海塞，有的是熙熙攘攘灯红酒绿谈情说爱，有的是光怪陆离无忧无虑百无聊赖。

哎哟，这三句话怎么还这么押韵，我就是这么有才。

总之，上了大学之后，我第一次发现，原来，世界，那么，大。

尽管当我真正成为一个男人的时候，才发现能够恰当形容我的大学生活的四个字其实是：愧对父母。

到了大学之后的第一封信，就是写给小美的，无非是大学里的各种"刘姥姥进了大观园"的见闻。

信里，我把宿舍电话也留给了小美。

我迫切希望能够听到她比林志玲还甜上10个加号的声音，哪怕依然唱着《大海》，或者成龙的"拍拍身上的灰尘，抖擞疲惫的精神"。

很快，就收到了小美的回信。

她说复读班压力很大功课很多各种考试，很多知识还是不懂，但会继续努力争取高考能如愿以偿。

我又给她回信，我说以后带你回家可不能让你跟我爸多说话，因为我爸有糖尿病，听你含糖量如此高的声音，绝对会病情加重。

她又给我回信，她说你能不能别那么贫啊，要记得想我，最后加了一句"你这个大烂人，我得掐你一下"。

就是这句话，让我一下子就回到了酒后公园里的那一幕。

夜上浓妆，月亮斜挂在半空。

"你把我嘴咬破了。"

我不自觉地舔了舔嘴唇。

我承认都是月亮惹的祸，那样的月色太美你太温柔……

渐渐地，学生会班干部老乡会考试交友各种娱乐非娱乐的东西，充斥着我的生活。

高中毕业时恋恋不舍的那个丫头，莫名地变得遥远起来，很模糊地成了一个轮廓，最后就是一个轻飘飘的影子。

究竟是喜欢当时的那个女孩，还是喜欢嘴唇被咬破的青涩之恋，或者就是因为距离而抹平了思念？

我不知道。

但，时间，会教会我们看清楚每一张面孔上清晰的纹路。

大二暑假。

小美的高考录取通知书下来了，她被天津的一所大学录取了，算是正常发挥，学的是国际贸易。

北京和天津，虽然相隔只有不到两个小时的车程，但毕竟不是在同一个城市。

　　我们相互鼓励，说争取每个周末都能够相聚。

　　我说还是我去天津吧，你一个女孩子坐车不安全我也担心。

　　她说好那我在天津等你，不过你放心，毕业了，我一定会去北京。

　　于是，很长一段时间里，我省吃俭用的生活费都自愿捐给了铁道部。

　　我们两个人去看午夜场的电影《天下无贼》，刘德华死了的那一刻，小美哭得梨花带雨，刘若英一个人吃烤鸭，她又哭得死去活来。

　　我说都是假的都是演的。小美说，艺术来源于生活。

　　我说，好好好，您是艺术家，会唱《醉拳》的德艺双馨的老艺术家。

　　我们两个人去 KTV 唱杨坤的《那一天》，这是小美最喜欢的歌，我说这首歌太悲情了，还不如唱《大海》呢，小美说，爱情本身就是悲情的。

　　我说，你怎么跟哲学家一样呢?

　　我们两个人去自习室上通宵自习，我说不行了不行了我得睡了，小美说你要坚强啊，身残志要坚啊。

　　我说，你不诅咒我会死啊。

　　小美的手又一次放在了我的大腿上，按照疼痛指数来计算，红色的印子至少会在我的腿上保留三天左右。

　　也不知道过了多久，总之，慢慢地，我从每周都坚持坐车去看她，到一个月去一次。

　　打电话的次数也从每天一次，到一周都想不起来给她打一次。

我奔跑在五彩斑斓里，而她煎熬于度日如年中。

她打电话过来抱怨："让你给我打电话你嫌浪费钱，打给你你又说占用你时间，不知道是你太忙还是不想跟我联系。"

说了没几句，挂断了电话。

我愣住了，不知道该说什么，是该为自己辩解几句，还是秉持着沉默是金的原则。

好像我没有自己想象的那么喜欢她了。

就像很多的女孩都有过这样的经历，每天早上醒来第一件事是翻看他的朋友圈，看看是不是更新了新的心情；每天都想和他说说话，有很多话想给他说，真正要说的时候却不知从何说起；每晚睡觉之前都会发消息给他说"晚安"，因为他的回复满心雀跃或因他没有回复而满怀失落。

你以为他不说"我爱你"，是不善于表达。

于是你沾沾自喜，于是你惴惴不安，于是你患得患失。

然后有一天，你发现，你手机里的通话记录大部分是你打给他；你发现，原来他和另外的女生也会谈笑风生；这时候，你开始惶恐，你开始不安，你开始质问他怎么会这样。

而他，总是一脸无奈地说你想得太多，连多余的解释都没有。

你有没有想过，其实，他没那么在乎你。

情人节因为一场球赛没有陪你，生日因为加班没有为你庆祝，你想去旅行他因为怕舟车劳顿不愿出行。

难道你还没有看出来吗，他没那么在乎你。

好像，我也成了这样的人。

到后来，小美不再主动给我打电话了。

可能大家都心知肚明，高中毕业时那突如其来的初恋，只剩下一张明亮的照片了。

3

大二的暑假，我回老家，又被同学召唤着参加聚会。

我和小美被安排坐在同一桌，却没有挨着。

大家都相互寒暄着，推杯换盏。

我们基本没有任何的语言交流，哪怕一不留神看向对方，对方也会马上避开眼神。

那一刻，心里非常苦涩。

最早发现这个微妙关系的是我当年的同桌基友，他拐了我的胳膊一下，"咋啦这是？不挺好的恩爱小夫妻吗？不是妇唱夫随吗？搞什么飞机？"

我白了他一眼，没说话。

我很想跟小美说点什么，我觉得作为一个爷们，我必须先说点什么，这时候不能说 lady first 了。

看到小美离开了座位，我跟在了后面。

她在洗手，水龙头里的水有点猛，水溅到她裙子上一大片，让人浮想联翩的。

我顾不上意淫，从后面轻轻抱住她，"对不起。"

小美抬起头，从镜子里看着我，有点不相信的感觉。

紧接着，她闭上了眼睛，深吸了一口气，又睁开了眼睛，轻轻挣开我的怀抱，转过身，看着我。

"没事啊，都过去了，"小美微笑着说，"找到好姑娘一定跟我说啊，我给你把把关。"

实话说，我没有料想到，小美会如此回答。

站在华山之巅论剑，我使出了降龙十八掌，对方却使出了一招乾坤大挪移，颠倒了阴阳刚柔。

不按套路出牌啊。

"好啊，一定。"我也微笑着，心里的那种苦涩瞬间变了质。

一股疼痛，从我心里最柔软的那个地方碾过。

我知道，我的初恋真正结束了。

我爱上一匹野马，可我的家里没有草原。

嗯，说白了，我欠"草"，我用最恶俗的粗口回报自己。

4

大学生活依然策马奔腾，我也依然逃课喝酒抽烟打球，学习成为大学生活的副业了。

曾经的学霸光环渐渐褪去，只是在临考前半个月才临阵磨枪死记硬背重点，最后只能勉强拿到三等奖学金。

那感觉就如同，一次有医生满脸铁青地给你下了病危通知书，之后一个粉嫩粉嫩的小护士娇喘地跑来，对你说，上次是误诊了，你的身体棒棒的，么么哒。

发下钱来，首要任务就是呼朋引伴地大吃大喝一通，美其名曰给我贺贺。

大学女生也不似中学时那般忸怩，聊天打屁加点黄色玩笑只要不是太过也不以为意。

我们当时整了个联谊宿舍。

对方宿舍里有个女生，北京人，高干子女，白白净净，性情活泼不拘小节，关键从她一扭一扭的屁股里，我看到了小美的影子。

这句话有问题，从屁股里，从屁股里，屁股里，是……

我视其为女神，却深知自己身为屌丝，两条平行线压根没有交集的可能。

临考试前某晚，我正在教室里"抱佛脚"，女神突然拍拍我的后背示意我出去，说让我接个电话，有人在电话里辱骂她。

我顿时被超人附了体，抄起电话跟对方唇枪舌剑你来我往数十回合。

挂掉电话，递给一旁的她。

"我就知道你口才相当了得。"

看着女神委屈又带着感激的眼神，我什么也没问。

微微一笑，深藏功与名，这才是最高境界——隐蔽在藏经阁里的绝世高手扫地僧。

回到教室，拿着书本却看不进去了。

我想保护女神，不想看到有任何人以任何方式欺辱她。

拿起手机，给她发了条短信："做我女朋友吧，我不想让别人欺负你。"

忘了女神怎么回复我了，反正是默认了。

我和女神的关系渐渐公开，大家跌碎了一地眼镜，这算是矮丑挫逆袭白富美的节奏吗？

其实，当时我看不透女神对我的态度，或许是因为我智商低或者情商低，或者智商情商双低。

跟女神"谈恋爱"，连柏拉图也算不上，没有拥抱接吻，就连唯一一次牵手还是逛公园时我连哄带骗地把她拉进鬼屋，在被吓得吱呀怪叫一番后我借着安慰的名义趁机拉住她的手。

走了一段路之后，又被女神轻轻挣脱开。

晚上，躺在被窝里一条条地给她发短信，一个人看着短信傻笑。

那段时间话费激增，关系却没能再进一步。

不过我也很满足了，谈恋爱不一定非得拉手拥抱接吻啊。

一步步来呗，我想。

可是没过几天，连躺被窝发短信也成了奢侈。

寒假后开学，给她发短信不回，见面也是很冷漠的样子。

后来才知道，女神高中时期有一个一直兄妹相称的哥哥。寒假时，她所谓的哥哥突然跟她表白，于是，她便不再是我人生里的风景了。

这不是拍韩剧好吗？

《蓝色生死恋》看多了是不是？

妈的，这是跟女神恋爱，还是跟女神经玩耍呢？

我送你们一首歌吧，好妹妹乐队的《祝天下所有的情侣都是失散多年的兄妹》，不用谢。

就在我想好好谈一场伟大恋爱的时候，却被现实狠狠嘲弄了一把，最多只能算是个不够伟大的备胎。

我大醉了一场，吐得稀里哗啦，被舍友架回了宿舍。

第二天上课时，觉得所有同学看向我的目光都带着一种嘲讽——想吃天鹅肉哈，被甩了吧？

我坐在教室最后一排，面无表情。

我心里头冒出来一个女孩的样子，尽管面孔有些模糊，但掐了我大腿一下的动作无比真实，还有嘴巴里咸咸的味道一扭一扭的屁股，还有那句暖暖的"你把我的嘴咬破了"。

良辰美景，奈何天。

5

再后来，大学毕业了，我到了大型国企。无依无靠，无人无门，一切只能靠自己。

就在那一年的时间里，我觉得自己好像才真正成了一个汉子，知道了什么叫责任感。

而就在跟某一家外企谈合作的时候，我居然看到了对方的队伍里那张熟悉的脸。

是的，那个模糊的面孔，如今 4100 万像素出现在了我对面。

那是小美。

我们约在了一家咖啡馆。

坐在我对面的小美身上有了一种叫作"气质"的恬静的美。

她终究还是来到了北京，就像她当时跟我承诺过的，"你放心，毕业了，我一定会去北京。"

只是我不知道她的出现是不是因为那句承诺，那句跟我有关的承诺。

我没有问。

她说她下个月就要结婚了，很幸福。

我说祝你幸福。

她说以后其实不用再联系了。

我说好。

再后来，小美上了出租车，没有回头，没有说再见。

或许她当时希望我问她什么，至少跟她说说话，也可能会是另外一个结果。

但没有或许。

很多或许，也只是一厢情愿。

我们隔着几米的距离，却隔着人山人海。

我望着车远去的尾灯，该剧终了，我告诉自己。

那一天，那一天我丢掉了你，

像个孩子失去了心爱的玩具；

那一天，那一天留在我心里，

已烙上了印永远无法抹去。

生命在故意和我周旋，

给你一个难忘的瞬间，

却不能让她继续永远，

那天你走出我的视线。

你喜欢的那首《那一天》，你让我听过一次我就下载下来循环播放的《那一天》，还给你。

那一天，你丢掉了我，你仍然还会有心爱的玩具。

世事流转，我们为自己，为他人，做了那么多改变。

那个他曾经在运动场上健步如飞明亮得像个画中人，现在大腹便便穿一双老式拖鞋袜子上还有个破洞。

你曾经细数他手上的每一条掌纹，熟悉他指腹的柔软，可是现在他的手只对人民币感兴趣。

过去的他因为老师无端的指责而替同桌出头，而现在他坐在烧烤摊的小马扎上，陪着领导敷衍地笑。

我多么希望，你始终没有变。

我多么希望，我始终没有变。

只是，时间真的会带走所有的我爱你。

6

很长的时间里，我还是孤家寡人一个。

老家的父母一直催着结婚，刚好单位的领导有一个女儿，基本上属于傻白甜的类型，几乎没有什么异议地结婚、生子、生女。

没有异议，也没有意义。

我知道这样说，对她很不公平。

我相信一见钟情，见到了，就恨不能牵起对方的手，假如她不应，宁愿成为男版的白娘子，使个手段，雨伞为媒，逼她就范。

至少也是一见如故，仿佛五百年前就认识，一个是压在五指山下的孙猴子，一个是一袭素衣去西天取经的唐玄奘。

可是到了后来，才发现不管是一见钟情，还是一见如故，经年累月之后，不过是又回到了最初一个人的状态。

电影《美人鱼》里，邓超向林允表白："我现在什么都拥有，但是我很孤独。这世界上没有什么人懂我，除了你。"

是的，这世界没有什么人懂我，除了你。

没了你，我是如此孤独。

扫码即听

《越过山丘，也无人等候》

这世界不是迪士尼，我们却要学会快乐

1

小强消失了。

通常一个人要告别，总要搞一场隆重的告别仪式，至少也会在暗地里营造一些"好吧，下辈子如果我还记得你"的氛围。比如写一封笔尖泣血的信，比如跟朋友胡吃海塞痛哭流涕一通，比如把一摞文件狠狠摔在你的主管的办公桌上，再把一杯茶水泼到他或者她的脸上。

小强不是。

小强是我所在的频道的娱乐编导之一，细高条儿，1米80的大个子才100斤多点，皮肤很白，只是脸上有很重的痘印，总之，小强一直都不是很好看的男孩子。

本来，第二天，小强有一期节目要录的，演播室和嘉宾也都联系好了。

就在嘉宾在台门口苦等的时候，却怎么也联系不上小强了。

总监大手无比用力地拍桌子，冲着空气大吼着："范小强，我要扣你整个月的奖金，这是一种不负责任的失职行为，我们要坚决杜绝这种恶劣事件的再次发生！"

可是，小强压根就没给总监扣奖金的机会。

因为，他再也没有回来过。

不说一句再见，没有一句留恋，不给一个背影，没有一声后悔，这才是真正的告别。

小强平时总穿的那件阿迪的外套还罩在椅背上，他最喜欢的作家三毛的《撒哈拉的沙漠》还在他的办公桌上，还有那盆他很宝贝的会开花的仙人球。

很多人都笑过他："人家都是养多肉呀，养绿萝呀，你居然养了仙人球，还每天冲着仙人球自言自语，你是太缺爱，还是太孤独了呀？"

小强笑笑，也不回答。

几天前，某卫视把张柏芝和任贤齐请到了同一个节目里重聚，唱着那首《星语心愿》。

舞台上的两个人笑着，电视机前的小强看完那一段居然用了一整包抽纸。

"我的梦想，就是把古天乐和李若彤请到咱们节目里重聚，反正他俩现在应该都便宜吧。"

之后，小强就自顾自地唱了起来："这次是我真的决定离开，远离那些许久不懂的悲哀，想让你忘却愁绪忘记关怀，放开这纷纷扰扰自由自在……"

这次，小强是真的决定离开。

微信、邮件、电话、QQ，都找不到他。

大家难免就会猜测，甚至有些脑洞大开：

"小强会不会被拐到传销组织里头了？那可太危险了！"

"小强那么瘦，脑子又只有一根筋，会不会在路上遇害了？"

还有人说小强被密集的工作压垮，所以才不告而别。

再或者是因为爱情，遇见一个人，花光了所有的运气，最后只能流离失所？

人生中有太多问号，都找不到正确答案。

2

小强，我们该怎么来评价他呢？

本来，组里没有人看好他的业务素养，因为娱乐节目的编导嘛，无非就是联系嘉宾，写台本，跟主持人沟通，录制结束后盯着后期剪辑。

你看，就像流水线上的一环，但似乎又不是特别出彩的那一环，如此说来，似乎并不需要太高的技术含量。

小强本来想做个新闻记者的，结果，天不遂人愿，成了娱乐节目的编导。

12 岁那年的小强，还是一个粉嫩粉嫩的五年级学生。

有一天，他走在放学路上，正学着电视剧里的济公唱着："鞋儿破，帽儿破，身上的袈裟破……"突然被一伙坏孩子堵着了路。

坏孩子们把小强拖到了河边，把书包挂在小强的脖子上，又让小强把胳膊向后伸，起了个名字叫"白鹤亮翅"，之后又把小强拖到水龙头底下，用凉水冲他的脑袋。

那是一个秋天的傍晚，那一刻，小强说他觉得连脑浆都被冻住了。

结束这一切的时候，小强觉得自己的眼珠子都不会动了，两只眼睛通红通红的。

回到家之后，爸爸看到小强通红的眼睛和脸上的瘀青，问他怎么回事。

小强扭头进了自己的房间，"踢球不小心摔倒了。"

后来，小强给我们讲述这段往事的时候，说了一句："哪怕我爸爸再追问我一句我可能都会说实话，然后让我爸帮我报仇。哪怕报不了仇，我心里也不会那么苦了。"

"因为那一刻，我孤立无援。"

12岁的小强，有些晚熟的他，压根都看不懂女孩子胸前那两坨肉的意义，也对男孩子们无形中形成的小帮派无感，但他却在辗转难眠之后，立志将来要做一名记者。

至少可以听孤立无援的人说一句话，这是记者的价值。

"虽然我现在只是一个娱乐节目的编导，但我也可以曲线救国呀。"有一次喝醉了酒之后，从不抽烟的小强借了一根烟放在嘴巴里，说完这句话之后呛得满眼是泪咳嗽不止。

任何男人，都曾经只是一个贝类少年，需要一个壳的保护，或者一个肩膀的庇护。

而就在上个月，台里统计工作人员最近三年发表论文的情况，我们每个人都是面面相觑。

很多人一辈子只写了那篇东拼西凑不甚规范的毕业论文，谁平时还会再写什么论文呀。

结果，小强一下交了 18 篇论文，其中有 2 篇居然发表在国内的核心期刊上。

一向不怎么看得上小强的总监笑眯眯地对他说："看不出范小强同学这么用功呀，难得难得。"

五分钟之后，办公室饮水机上面多了一张通知——《在本频道发起向范小强同志学习的倡议》，文中提到：

范小强同志平时工作兢兢业业，不声不响中深入研究传媒规律，三年来在不同级别的杂志上发表专业论文 18 篇。

再次，向全频道同事中发出向范小强同志学习的号召！

并给予范小强同志 5000 元人民币的现金奖励！

我们全频道的老少爷们都知道了范小强这个名字，而有部分女生看到"同志"这两个字，还是会心一笑。

因为，小强跟很多人真的不一样，而这似乎也不是秘密了。

他喜欢的，应该不是女孩子。

当然，毕竟是别人的隐私，又如此敏感，所以大家从来也都不问，却又隐隐觉出一点端倪。

喂，你发现了吗？

有时候，正是诸多猜测，才隐藏着我们内心的恶，尽管那份恶也许很微小很隐蔽。

3

小强是有语录的，而且小强的语录时常充满了腥膻味：

"男人们都希望能够找到一个在床上都舍不得用力的女人，然后在床上把浑身的洪荒之力都使出来。"

"没有在深夜痛经过的人，不足以谈人生。"

"既生瑜何生亮，既生美食何生脂肪，既生刘海何生狂风，既生我何不生我对象？"

办公室里的女性们，不管是女汉子，还是女宝宝，听到了这些金句，都如同见到了神，顶礼膜拜。

小强很黏同办公室的女生，而且他对所有的女生也都没有攻击性，虽然他经常是以毒舌的形象出现的。

某大龄傻白甜面对着笔记本电脑里的韩国欧巴一边流口水，一边来了一句感慨："就凭我的姿色，找一个男的，还不容易吗？"

"不不不，凭你的姿色，目前只能找公的。"小强的嘴角依然是淡淡的笑。

"你才只能找公的呢。"说完这话，大龄傻白甜马上改口："我开玩笑呢，小强，我不是那个意思，哎哟喂，你看这事整的，小强。"

你看，很多时候，千万别认真，认真的时候就真的输了，认真的时候就真的泄气了。

小强眨眨眼，冲着大龄傻白甜笑了，只是那抹笑淡淡的。

小强陪着不同的女同事看过电影，帮她们买卫生巾，在女同事彻夜痛哭的时候小强也是完全合格的倾诉对象，甚至某一次跟一个女同事出差最后跟那个女孩子盖着一床被子睡着了。

当然，中间什么都没有发生。

那个女同事后来居然有些垂头丧气："我都无法引起一个男人的兽欲了，这太让人沮丧了！"

周围的女孩子安慰她："他是小强，他本身就不是野兽呀。"

每次聚会喝酒，做后期的婷婷的男朋友就会不安地打来电话："媳妇儿，你到底跟谁喝酒呢？"

婷婷就会把手机塞到小强手里。

"姐夫，我是小强，嗯嗯嗯，我们聚会呢，放心吧。好的，姐夫，那我挂了。"

婷婷满脸的享受："只要跟你姐夫说和你喝酒，他就放心。"

小强的嘴角抽了一下，又笑了，还是那抹淡淡的笑。

我和小强曾经大闹过一番，原因是他的不守时。

本来定的录制时间是在下午一点，结果等到了两点，依然没有见到小强的半个人影。

最后我直接离开了演播室，那期节目就真的没有录成。

小强反复说着："我是真的房门打不开了，小新哥你怎么能不相信我呢？"

"房门为什么打不开？不能让开锁公司来开锁吗？你做编导就必须要在时间上打提前量！"

"我打提前量了，可是……"

"很多事，不允许有可是……你还好，只是娱乐节目编导，如果你是记者，大事件发生，突发的新闻，就被你硬生生地耽误了。"

"小新哥，你这是上纲上线。"

"我不想跟你谈了，跟你说话太他妈累了！"我把节目稿一拢，收起来，转身离开了。

他们说，小强孤零零地坐在演播室外的沙发上，默默地哭。

从此之后，我和小强基本就是零交流。

再之后，他就去了另外一个节目组，我们就成了点头之交。

他充满胆怯而又有些厌烦地喊我"小新哥"，我有点端着架子的应一声"嗯"。

4

小强消失之后，女同事们集体进入到了无比怀念的情绪里，就如同她们看韩剧时候的集体发春。

主持人婷婷无比哀伤地跟我说："小新，我昨天晚上梦见小强了，好惨好惨的，浑身都是伤，而且都没有穿衣服，他肯定是遇到困难了……"

米兰姐姐揉了揉鼻子，"真是替小强担心呢，平时大家都是好姐妹，怎么一下子就不见了呢。小强一定是遇到了意外，否则，他不会不告而别的。毕竟，大家姐妹一场。"

"你们这样说，对他不会是伤害吗？"我把胳膊撑在米兰姐姐的办公桌前，问她。

"我们怎么说？"

"就是好姐妹呀，姐妹一场什么的。他毕竟是个男孩子。"

"哎哟，怎么会呢？"

"可是，米兰姐姐，你怎么知道他怎么想的呢。"

"哎哟，小新，咋这么较真呢？"

还有一次，我隐约听到频道的几个小实习生在暗地里讨论小强的花边新闻，我分明听到其中一个女孩子说了三个字"同性恋"。

我大声咳嗽了一下，几个女孩子冲着我撇撇嘴，走开了。

我不是较真，也不是伪善，而是因为太多时候，我们脸上的笑，并非因为快乐，而是因为无奈，或者无语。

5

昨天晚上十点，我又一次直播，有一点感冒的我，鼻音更重了。

微信平台收到了一条留言，实在没想到会是小强。

虽然是一个陌生的 ID，也并没有署名，但寥寥数语，我就能猜到那肯定是小强。

留言的全文是：

新哥，原谅我的不辞而别，我想告别过去身体里的那个自己，跟一个踏实的姑娘，过正经日子。

这几句话里头的包含的信息量大到我有点蒙。

我回复了信息，又收到了回复，我才弄清楚事情的原委。

从初中就开始喜欢小强的女孩子，一直都保留着对小强的爱意，尽管那个姑娘在县城，小强在省城。

这一次，女孩子到省城培训，来找小强吃饭。

女孩子坚持她来结账，后来跟小强等出租车的时候，突然刮起一阵风吹来好多灰尘，女孩子的第一反应居然是捂住小强的脸。

"为什么不跟她在一起呢？"小强问了自己十遍之后，他觉得应该往前踏出一步的，至少也可以试试看。

小强就真的牵起了女孩子的手，郑重地对她说：“如果你愿意，从今以后我把身体和灵魂都交给你。”

星爷周星驰有一部很冷门的电影，叫《算死草》。

星爷问莫文蔚：“我很孤独用英文怎么说？”

莫文蔚说：“I love you！”

之后，小强整理了一份简历投到了县级电视台，并很快拿起了摄像机，做了一个记者。

留不住的人，血液里都带着风。

晚上十点，小强刚好在采访结束回台里的路上，听到了我的电台节目，便想起给我发一条信息，也算是有始有终。

我说：“大家都挺担心你的。”

小强说：“还好吧，大家不必原谅我的不辞而别，因为大家迟早会忘记我的不辞而别。”

我想了半天这句话背后的深意。

尽管小强看不到，但那一刻，我的确做了一个耸肩的动作，“未来有什么规划？”

“我要学会做一个真正的男人。”

不管世界变得多么糟，我们都要过得好，我们都可以让自己过得好，这是我理解的真正的男人。

小强偷偷买过我之前的书，"一直想找你签名，但是又怕惹你烦。"

我从网上查到了小强所在的县级电视台的地址，快递过去我的新书，在扉页写了一句话，是我最想对小强说的话：

谁的青春不回肠，其实我们都一样，多少故人如海，如今胸中澎湃。

薄情时代，总会有刻骨铭心与念念不忘。

就在刚才，我还收到了小强的微信："小新哥，那次我是真的把自己锁在房间里头了，不是骗你。"

我回了一个笑脸，没有多说什么。

因为那一刻，我觉得小强已经无比强大，压根不需要任何鸡汤或者红酒。

是的，这个世界从来都不是迪士尼，一点儿都不欢乐。

但哪怕一直不欢乐，我们也能最终找到一个人，跟他一起自得其乐。

扫码即听

《这世界不是迪士尼，我们却要学会快乐》

真正的爱情，是再见钟情

1

"王小妮就是妮妮？"

这怎么可能？

当我知道高一年级的学霸王小妮就是我小时候日思夜想的妮妮，而且就是4岁半的妮妮在我的额头上留下了一道月牙形状的疤之后，我恨不能马上在她脑门上留下一个太阳。

是的，我从来都是一个睚眦必报的人，不管他年纪几许，有没有小鸡鸡。

从我懂得照镜子的那一刻起，我就发现了我脑门上那个突兀的月牙。

月牙的形状不甚规则，却留有很齐整的边缘，而且是自上至下有凹凸感。

一道月牙形状的疤，从我5岁那年就伴随着我，大概也会一直跟到我老去。

正是因为这道疤，我的小姑姑心疼地抓着我的胳膊，恶狠狠说："你这孩子怎么这么懦弱，你就应该挠回去让她也留一道疤啊！"

正是因为这道疤，从上小学开始，我就有了"包公"这么一个绰号，有的坏小子见了我就直接开唱："开封有个包青天，铁面无私辨忠奸……"

正是因为这道疤，总有姑娘皱着眉头若有所思地问我："你小时候干了什么见不得人的坏事，被人祸害成这样？"

是的，都是因为额头上的那道疤，那条既见证不了男儿血性又无法让姑娘尖叫雀跃的疤。

而那道疤居然是王小妮给我挠出来的。

2

告诉我王小妮就是十几年前把我挠成了"包公"的妮妮的，是我妈，场合是在我们高中的第一次年级家长会上。

高一的第一次全年级家长会，我无比自豪——因为我考了全年级第二名。

比我还自豪的是我妈，她雄赳赳气昂昂地进了校门，打扮得像一只火鸡。

我都怀疑她不是过来参加家长会，而是来开圣诞派对的。

我们年级主任念到我的名字的时候，我妈有些夸张地把屁股抬高了一点，似乎希望告诉全场观众，第二名是从她肚子里掉下来的那块肉。

可是就在念到"第一名，王小妮"的时候，我妈不干了。

我妈嘴巴里一直念叨着王小妮王小妮，脸上的表情极其不自然。

原来，我妈和王小妮的妈当年是嫁到了同一个村的村花，属于外来侵入物种，两个人都生得漂亮娇俏。

自古一山难容二虎，所以我妈和王小妮的妈多少是有些竞争关系的。

竞争，往往是不睦的开端。

再后来，我妈和王小妮的妈真的都做了妈妈。在这一轮竞争中，我妈明显处于上风，因为她生下来的我是个带把儿的。

我和王小妮也成了村子里共同牵手成长的小伙伴，只是那会儿她还叫妮妮。

就在某一个天有异象的傍晚，王小妮把黑手伸向了我的脑袋，并且留下了伴随我一生的残疾——那道月牙疤。

我妈问："肖小新，你知道当年王小妮为什么要挠你的脸吗？"

我往记忆最深处搜寻，摇摇头，一脸的茫然。

我妈白了我一眼："你说要跟人家生孩子，啧啧啧。"

听到我妈语气里的嫌弃和鄙夷，我的汗唰一下渗了出来。

"不过，你这傻孩子对王小妮还算有良心，咱家搬到镇上了，你还趴在井口上喊她的名字呢。"

"我怎么一点都没印象了。"

"哎哟喂，当时是哭着喊着要见妮妮啊，你真的一点都不记得了？"

"嗯。"

"这忘性，真够狼心狗肺断子绝孙的。"我的极品老妈总可以把成语用到惊天地泣鬼神。

3

高中三年，我和王小妮是一种特殊关系的存在。

我们是不折不扣的竞争关系，龙争虎斗，好男也跟女斗。

王小妮的特长是数学，她的世界里经常充斥着类似的句子，连我们的数学老师跟她聊完都虎躯一震。

从王小妮的樱桃小口里出来的句子是："在自变量的某一变化过程中，$f(x) = A$ 的充分必要条件是 $f(x) = A + \varphi$，其中 φ 是在自变量同一变化过程中的无穷小。"

请问，这是一个高中生，而且还是一个高中女生应该理解的内容吗？

我的特长是语文，人送外号"新伯虎"。几次期末和期中考试，我的作文都被老师拿来当成了范文。

我总结了作文高分技巧——两句名人名言，一件名人事迹，一段激情澎湃最后一定要带一个大问号的排比句，那基本上就成了。

除了竞争关系，我和工小妮之间还生出了一些小暧昧。

比如，她每个周末出去采购的时候，总会特意给我带一小包猪头肉和猪耳朵。

这是我最喜欢吃的肉食品。

满足一个男人的前提，就是满足他的胃。

当然，作为回报，我给王小妮写过好几首情诗，其中有一首《我是不是有点傻》：

我这么爱你，是不是有点傻？

我这么认真，是不是有点傻？

我这么欣喜，是不是有点傻？

我这么绝望，是不是有点傻？

我这么高傲，是不是有点傻？

我这么卑贱，是不是有点傻？

自从遇到了你，我就变得很傻很傻。

许过山盟海誓，就要地老天荒。

这，很傻。

很傻。

傻。

是的，我承认宋小宝可能就是顿悟了我这首诗的精髓，才有了那句台词："你四不四洒？"

收到这首情诗之后，王小妮甩了一句话送给我："你不是傻，你是二，傻二傻二的。"

高二期末考试结束之后，同学们都作鸟兽散，我和王小妮留在了教室里。

天地良心，我当时真的只是想跟她讨论一下期末考试的考题的，只是当时天色渐晚，气氛诡异，我们之间的距离越来越近，我像小鸡啄米一样，轻轻地在她额头啄了一下。

　　没想到，就在我的心快跳出来的时候，我的高中班主任解救了我。

　　他几乎是跳进了教室里，"王小妮同学，肖小新同学，请问你们为什么还不回家啊？"

　　我的高中班主任是一位憨态可掬的化学老师，姓赵，戴着一副茶色眼镜，看不清楚他的眼睛，但感觉还是笑眯眯地跟我们俩谈话。

　　"我……我们正在对答案呢。"王小妮替我俩解了围。

　　我扭头看了她一眼，大红脸跟女关公似的。

　　对了，我是不是还没有描述王小妮的样子啊？

　　后来想想，高中时代的王小妮有点像清汤挂面的刘亦菲，一条马尾，脑门有点大，嘴巴微微翘着，喜欢穿一身白。

　　嗯，总结起来，就是有点性冷淡的样子。

　　高三开学后不久，班主任赵老师跟我进行了一次亲切会晤。

　　"肖小新同学，严格来说，我们高中是不允许学生谈恋爱的，可是鉴于你和王小妮同学始终把学习放在首位，我是可以睁一只眼闭一只眼的。不过，你们还是应该做好地下工作，不要总是摆在台面上，否则，老师我也是很难做的好吗？

　　"哦，对了，肖小新同学，老师还是非常喜欢你的那首情诗的，特别是那句许过山盟海誓，就要地老天荒，有那么一刻，我差点都要哭出来了。"

我一直怀疑我的班主任是周星驰的忠实粉丝，每次听到他单独训话，都感觉是在看星爷的电影，我也不知道他到底是在搞笑还是在严肃训话。

"对了，还有一个事情，告诉你一个好消息，学校要从高三年级发展一名党员，几位老师经过慎重考虑，最后一致决定发展你，明天会给你一张表，记得好好填啊。"

那一刻，我恨不能亲吻赵老师了。

4

高考第一天，我妈为了鼓励我专门给了我爱的抱抱，还特意在早餐面条里加了两只毛茸茸的大海参。

我知道那两只大海参里渗透着我妈浓浓的爱，只是，爱，从来都是有代价的。

就在我写完了作文正冲着我的八股文露出淫笑期待又一篇旷世范文即将轰动全国的时候，鼻腔里一阵莫名温热的潮湿。

一股热流吧嗒吧嗒滴到了我的试卷上，那是我殷红的鼻血。

尼玛，我居然见红了，在高考这么神圣庄严的场合。

监考老师也慌了神。

他以屁滚尿流的姿势奔到了我面前，嘴巴张成了 O 形，又把我叫到了考场外面，嗫嚅着说他专业监考二十年，从来没有遇到此等意外。

在说这段话的时候，这位监考老师的嘴角一直在抖，看得我想笑，结果，鼻血流得可以用电视剧《上海滩》的主题曲来形容了——"浪奔，浪流，万里滔滔江水永不休……"

如果卷面上出现了一摊血迹，很显然是会扣上"做特殊标记"的帽子的，但是此刻监考老师手里又没有多余的试卷。

娘要嫁人，天将灭我，失落和无力感像水草一样，缠住了我18岁的少年之心。

当那位监考老师再次以屁滚尿流一般的姿势回到考场内，把新的一页试卷塞到我手里，我抬头看了一眼墙上的钟，距离收卷只剩下五分钟了。

我清楚地记得那年的高考作文题目是以"诚信"为话题写一篇文章，可以是经历、感受、看法或者信念。

在五分钟的时间里，我奋笔疾书，把新写的300字作文取名为《我，从来都以欺骗老师为耻》。

作文里，我讲到自己是一个小镇上的文学青年，写过诗，泡过妞，更是写高考作文的一把好手。只是时运不济，在刚刚写完作文的时候，鼻血喷涌，导致现在只能寥寥数笔来描述此时此刻的感受。

最后的一句话就是："我，是一个诚实的孩子，我所写的一切都是真实的，我从来都以欺骗老师为耻。"

是的，我想用这篇作文赌一把明天。

把鼻血流到了试卷上这事我没敢告诉我妈，我怕我妈对一大早让我吃了两个海参有负罪感。

听说过坑爹的儿，没听说过坑儿的娘啊。

一个月后，高考成绩查询。

一个声音跟林志玲甜度相当的女孩子，大清早的却给我添堵。

语文成绩，150 分的满分，我考了 63 分。好在，其他科目还算发挥正常。

王小妮的语文考了 125 分，数学考了 142 分，她的发挥也算正常。

是的，因为我有了预备党员这个身份，还能再加 5 分。

5

报考志愿，选择大学，我和王小妮共同瞄准了魔都上海。

我们的大学相隔不到 10 公里，她去了某名牌大学，我去了一所二本学校。

王小妮学了那所学校全国排名第二的专业生物工程，我学了市场营销；她全身心投入到上课实验和社团，我全身心投入到《魔兽争霸》和踢球。

我突然发现人是很容易被同化的，你周围的人都在撩妹发情你很难成为坐怀不乱的柳下惠，你周围的人都在考专业八级托福 GRE 你自然不能允许自己总在四级以下徘徊。

我问王小妮："我会不会有些堕落啊？"

王小妮笑眯眯："那就先堕落几年呗。"

有一天王小妮突然给我发了一条短信："肖小新，我们都要珍惜生命啊，只要我们还活着，一切都有希望。"

看到这条短信，我有点慌了。

王小妮怎么了？绝症？被欺负了？还是被某个王八羔子给强……暴……了？

我一边在脑海中过滤了无数个让人崩溃的画面，一边拨打了她的电话。

后来我才知道，就在那一天，伊朗东南部克尔曼省巴姆地区发生里氏 6.8 级强烈地震，造成了 2.6 万人死亡。

王小妮同学，伊朗克尔曼省离上海足足有 6000 公里好吗？

王小妮喜欢喝咖啡，有一天，我们经过星巴克。

她突然问我："肖小新，你什么时候能天天陪我去星巴克啊？"

"择日不如撞日，要不就今天？"

走进星巴克，准备点单，结果起身逃走的，是王小妮。

"我靠，这也太贵了吧，不行不行，我还是继续喝我的速溶吧。速溶速溶，你侬我侬，不喝速溶，天理不容。"

"王小妮同志，每月一次星巴克，不不不，是每周一次，我们也可以消费得起的。"

"等我们赚到 50 万，不不不，100 万的时候，我就天天消费星巴克，答应我。"

"那行，随你咯。"我摊摊手。

"那你一会儿给我买棉花糖补偿我吧。"

"好嘞，姑娘。"

王小妮头微微往前探，嘟着嘴，靠近棉花糖，很好看的样子。

大三下半年，王小妮得到了一个机会。

有一家外企从王小妮他们学院找了三个学生，提供他们去美国硕博连读，免全部学费，还提供奖学金，其中就有王小妮。

当我从王小妮的闺密那里知道王小妮拒绝了这个机会的时候，我真的很想请她去星巴克好好喝一杯。

不醉不归。

晃晃悠悠，熬到了毕业，熬到了找工作，我成了一名销售。

我跟我的销售前辈们一样，洗桑拿，去踢球，玩赛车游戏。

王小妮去了一家外企，每天穿着职业套装，跟一群白皮肤的黑皮肤的说英文，整得鸟语花香的。

6

两年后，我和王小妮决定要在上海的郊区买一套房子。

准备买房的那段时间，我和王小妮既期许又茫然，跟"房事"是一模一样的。

突然，有一天，王小妮开口问我："肖小新，咱们买房，你家里能支持咱们多少钱啊？"

我内心一紧："十几万，顶多 20 万吧。"

王小妮叹了一口气："咱俩父母都是工薪阶层，存下了这点钱不容易，让他们存起来留着养老吧。钱，我们可以贷款贷一些，首付我可以找我们公司预支一部分。"

我都想喊了，牛魔王，快出来看神仙姐姐显灵了。

因为跟大学同学约了一场很重要的足球赛，看房那天，王小妮自己一个人打车去了售楼中心。

估计她还没有到售楼中心，就接到了打道回府的电话。

我的腿被一个金刚大猩猩一样的人物踢骨折了。

好一番折腾，我的右腿打上了厚厚的石膏，医生嘱咐至少休息两个月。

也好，我可以好好研究我的游戏攻略了。

直到有一天，下班回到家的王小妮手里拎着一包猪头肉和猪耳朵，把我的游戏机手柄狠狠地扔到了地板上，冲我吼："肖小新，你他妈照镜子看看你那个熊样，你就知道踢球、陪客户、玩游戏，可是玩完呢，只会给我丢下一个烂摊子。"

"王小妮同志，你怎么了？这么快就更年期反应啦？"我和王小妮很少吵架，所以，我是想糊弄过去尽早回归和平局面。

"我更年期？那你是青春期吗？还是未断奶期？你爸生病了我请假去医院护理，你去哪儿了？你要给你们领导送礼，你不去让我去？你整天就知道抱怨领导不公抱怨老板有眼无珠，那么你努力了吗？你整天就知道玩玩玩，玩物丧志，懂吗你？"

我抬头看了她一眼："怎么了，王小妮，跟着我，你委屈了，是吧？"

王小妮抿着嘴，大概沉默了五分钟的时间，一字一顿地说："是的，肖小新，我委屈了，我替我肚子里的孩子委屈。"

说完，王小妮就跑出去了。

王小妮什么都没带——她的几双高跟鞋摆得整整齐齐，几套职业装平整地挂在衣橱里，就连餐桌上的杯子外壁都还挂着几滴水珠。

如果陌生人来到这个家，一定会猜想：女主人只是出去买菜或者倒垃圾了，因为到处都是女主人的生活痕迹。

可是，王小妮跑出去之后，我就再也没有见过她。

王小妮，足足消失了四年。

是的，我们并没有亮出大规模杀伤性武器，只是我们的心里已经哀鸿遍野寸草不生了。

7

如果有机会，我想过不一样的人生。很多时候，因为年轻时的叛逆错过了很多机会，如果有机会，无论需要付出多少，我都会紧紧把握住。

一夜长大，我特别相信这句话。

因为一件事情，一个人，甚至是一句话，你觉得全身的 206 块骨头全部重新排列组合。而且之前觉得几乎要迷恋死的东西，现在也都完全没了兴致。

我终于懂了那句话："你焦虑，并不代表你很努力。"

也许，我的人生到了绝地反击的时候了。

因为，只有我更好，我才配得上更好的姑娘。

更好的姑娘都有谁呢？有娃娃音的林志玲、心如止水的小龙女，还有，王小妮。

年轻人都很想赢，但年轻人也不惧怕输。

我发愤图强，我彻夜不眠，我三步并作两步也没有扯着蛋，我大声吼着"工作是看得见的爱，我捧着一颗赤子之心为老板服务"。

慢慢地，我发现我们的老板有眼有珠又公平又正义，因为短短两个月的时间，我的薪水翻了三倍，老板看我的眼神如同看着最娇媚的妹子甚至跟我直接称兄道弟了。

四年的时间，我妈在面对七大姑八大姨对我感情生活关切的时候，总是一副豪爽的样子："我们家肖小新，喂，成功人士好吧，身后一大把好姑娘嘞。"

只是，她偷偷去过电视台举办的相亲大会，拍下了十几个姑娘的资料回家带给我。

我知道，她希望我能尽早结束单身给她添一个孙子，同时又隐隐觉得除了王小妮似乎她谁也看不上。

你也会有这种感受吗？

只有面对她的时候，你才敢爱，你才会爱。

她走了，什么都不对了。

我的身边有了能陪我喝一整夜大酒的好基友，有了能让我有尊严地活着的职位和年薪，可是，每次回到家里的时候，我就如同滑翔机坠落一般的绝望。

三年了，我和王小妮的家一直没有变。

她的几双高跟鞋摆得整整齐齐，每隔一个月我会把它们拿出来晾晾，几套职业装仍然平整地挂在衣橱里，每当想起王小妮的时候，我就会打开衣橱……

我在回想，王小妮在我的生命里，到底扮演着什么样的角色呢？

高中时代，爱玩的那个小妮是我的一面镜子，我从镜子里看到了自己的怠惰，我们就像在跑道上竞逐的运动员，在比拼中成就更好的自己和更好的对方。

大学校园时代，王小妮挺宠我的，比如她之前从来没有说过你玩游戏不好你吊儿郎当太不努力，那感觉就是暂时跑偏的路，迟早还会跑回来。

大学毕业之后，王小妮的角色又有些像老师了，她偶尔会买两本书告诉我特别适合我看，偶尔也会让我盘腿坐在沙发上，"来，肖小新，咱们有必要说说你最近的工作。"

人生不过是——做一晚梦，择一座城，有一个伴，留一生念。

8

四年后，高中毕业十周年聚会。

我的高中班主任，就是那位神仙级别的化学老师，盯着我的脸，审问了我半天："你怎么没跟王小妮在一起呀？你俩当时不是说海誓山盟地老天荒的吗？"

我深深地感觉到我那已经微微秃顶的班主任赵老师应该更换一下形象，手持一只话筒，用庄严肃穆的语调祝福一对新人永浴爱河。

我趴在赵老师的耳边："赵老师，那时候小不懂事，你就别笑话学生了。"

班主任脸都憋红了："我笑话个屁啊，我是羡慕嫉妒恨啊。"

"臭小子，你知道吗？整个高中期间，王小妮唯一一次求我，就是希望把党员名额让给你，她说因为这样你就能再加 5 分，高考就更有保障了。你说这样的女人，是不是很伟大？"

还没有喝酒的赵老师脸通红通红的，青筋突出。

我承认在那一刻，我的腿软了，好在我一直坐在椅子上。

鬼使神差般，我的脑海里冒出了电影《花样年华》里的一句台词："我等你，直到垂暮之年，野草有了一百代子孙，那条长椅上依然空留着一个位置……"

"肖小新同学，告诉你，她今天来。"

"啊？谁？"

"王小妮啊。"

"……"

王小妮穿了一身米色套装，上衣左胸口别了一枚胸针，化着深红色的嘴唇，冲我们走来。

恋爱那会儿，她最爱的口红颜色是粉色，她说老女人才用深红色呢。

她远远走来的那一刻，我居然看不清王小妮的脸，只记得梦里的她笑靥如花。

她没有跟我坐同一桌。

我的手机屏幕亮了，是赵老师的短信。

"肖小新同学，这是王小妮同学的手机号，你是不是曾几何时觉得空虚寂寞觉得冷啊，那还不赶紧追回王小妮？"

好熟悉的一句话，这段空虚寂寞冷难道不是周星驰的台词吗？

高中毕业十年了，我不是当年的"新伯虎"，也早就失去写诗的能力了。

我按照赵老师给我的手机号给王小妮发了一条很长的短信：

王小妮同学：

　　自从你离开了我，我就变成了更好的男人。只是，我再也没有体会过爱了。

　　我一直以为我失去了爱的能力，可自刚才再次见到你的那一刻，我才深知，我的爱，只为你而存在。

　　回来吧，我们在一起吧！

幸福与劫难，不过因为，遇上了不同的人。

遇上良人，眼前万紫千红，

遇上不淑，心里一片死灰。

冯唐在《万物生长》里说："我不要天上的星星，我要尘世的幸福。"

整日鲜花烟火，其实真不如实实在在的关心来得实际。

听到你病了立马半夜也给你送药，一句饿死了，半夜打车给你送吃的，各种不起眼的小感动……

感动不是爱，可是能够让你感动的那个人，会给你他所有的爱。

女生一辈子不求轰轰烈烈，只求安安稳稳，一个体己的人。

9

世界很小，那个愿意回来找你的人，都抱着我要跟你在一起的信念。

一周之后，还是我和王小妮躺在曾经无比熟悉的那张床上。

我揽着王小妮的腰，看着天花板，眼神里写满了空洞："王小妮，你再也不要离开我了。"

王小妮拿开我揽在她腰上的手，翻过身，趴在我的身边，指着我额头的那道疤，说："肖小新，你5岁那年，我就在你身上盖了章了，我就要跟你在一起。"

讲真的，王小妮说这段话的时候，man极了。

王小妮，这一辈子，我最想做的事情，就是跟你生猴子。

趁周末的休息时间，我和王小妮去了赵老师家里，表达感激。

我，居然，看到了，赵老师，写，的，情诗！

　　当氢在火花的吸引下，与氧洒下晶莹的泪滴；

　　当钾投入水的怀抱，化成缕缕清烟；

　　当硫投入空气的怀抱，只剩下呛人的记忆；

　　我只愿，

　　我们是氯化氢和硝酸银的相遇，

　　凝成一丝一丝圣洁的沉淀。

这！也！太！刺！激！啦！

我们总是会拿着人生的画笔，去描绘我们理想中的爱情。

可是你发现了吗？小到他起床没有刷牙，他的腿一直抖，她睡觉没有洗脚，她睡觉打呼……这些生活中的小事儿，看似微不足道，但都能消磨掉心里的那份爱。

两个人在一起，有过犹豫，有过迷惑，也有过嫌弃，最终我们还是没有分开，而且我们以后还会继续走下去。

或许某一刻，我还是会很嫌弃她，甚至做好了生命里没有她的准备。我心里暗暗发誓：我的路只能我一个人走，她追也追不上。

但最后，我们都没有走。

感情不是儿戏，认真了就不要放弃，我是，你也是，我们都是。

许过山盟海誓，我们就要地老天荒。

扫码即听

《真正的爱情，是再见钟情》

你是我的念念不忘

第三次给我的书写后记了，却又仿佛像是第一次。

我第一次把自己抽离出来，看"他们"身上的故事。

你会被哪一个人物触动，又或者，你觉得哪一个故事更像你的过往？

某一个深夜，没有那个人的晚安，你也会睡不着吗？

我找到了这些故事的拥有者，把终稿给他们看。

倩倩和涛子非要约我下了直播跟他们吃饭。吃饭过程中，两个人一如既往的秀恩爱，佳佳依然爱笑，在节目里笑，在节目外笑，也许因为过去的那两年间，命运让这个爱笑的姑娘流了太多次眼泪。

我问宋大林纯子怀孕了吗？他说没有呀。我说我在写后记呢，他说，你可真是文思如尿崩呀。哈哈，这个毒舌的小阿信。总有一个等待了很久的人，出现在一段等待了很久的爱情中，大林说这才是幸运。

喜羊羊的女儿最近身体出了一点小问题，他四处求人东跑西颠，我也跟着干着急。也许在某一个深夜，喜羊羊依然会想起红太狼，想起他自己在最不懂得什么是真情的时候所遇见的真情。

肯定还会有人问我："肖小新同学，王小妮现在还陪在你身边吗？"

我写过，感情不是儿戏，认真了就不要放弃，我是，你也是，我们都是。所以，至少，我和她对我们的感情都很认真。

最开心的是毕小姐，这本书上架的时候，她应该已经是一对双胞胎的妈妈了。我昨天给她发微信："我要去看两个小小毕。"她说："哼哼，你们都想看他们，不想看我了。"但是绝口不提爱情的毕小姐，那两个小小毕可都是你捧在手心里的爱情的结晶呀。

常顺兄弟每天晚上都会给我的微信点赞，他用了一个新的微信号，在这个微信号里，他不是一个已经过世的白血病女孩的爸爸，他没有绝望没有哭泣只有奔跑，想重新开始，可是他也跟我说："新哥，我会偶尔偷偷登陆原来那个微信，看看女儿的照片。"

丢了心爱的玩具的大飞依然是老同学里的男神。我说："大飞，谢谢你的故事。"他说："小新，你错了，我讲给你听之后，这就成了你的故事了。"他这个烂人，还是不会好好说话。

要用人生来写一首情诗的团子，她依然单身，依然会不定期地给我快递甜品，有一次我居然梦见收到她的结婚请柬，在梦里，我哭得稀里哗啦。

另外，我要向大伟和"牛奶红茶"道歉。由于某些特殊的原因，他们的故事我做了很大的调整和改动，我都怕他们认不出故事本来的模样。但"牛奶红茶"的邮件一直乖乖地躺在我的邮箱里，我也答应你们，如果有机会，我会把这个故事重新写一遍。

一个人厚着脸皮没羞没臊地去爱另外一个人的概率，一生只有一次。

我也祝福看完这本书的你们，能遇上这只有一次的概率。

你是我的念念不忘。

你们是我的念念不忘。

所以，我选择在深夜写下你们，顺便郑重地送你们一声晚安。

谁的青春不回肠，多少故人如海，其实我们都一样。

谢谢亚娟姐，是你最早肯定我的文字，让我觉得自己真的可以写一本不花俏的用尽真心的书。

谢谢我的编辑周莉，也谢谢洁丽。

最重要的，谢谢愿意把故事讲给我听的你们。

因为，这是故事，这更是你们只有一次的人生。

故事说出来了，心事放下了，我盼望着你们能够睡一个安稳的觉。

爱人能够彼此拥抱，仇人能够互相原谅，陌生人也能够相视一笑。

最后，我还是在你们耳边说一句："晚安宝贝，盖好被子。"

小新

2016 年 6 月